Titre original : *Spirit Animals, Tales of the Great Beasts, Special Edition*

Les données de catalogage sont disponibles.

Copyright © Scholastic Inc., 2014

Copyright © Bayard Éditions, 2020, pour la traduction française.

Tous droits réservés.

Édition publiée par les Éditions Scholastic, 604, rue King Ouest, Toronto (Ontario) M5V 1E1

5 4 3 2 1   Imprimé en Italie   CP126   20 21 22 23 24

BRANDON MULL – NICK ELIOPULOS
BILLY MERRELL – GAVIN BROWN – EMILY SEIFE

LES BÊTES SUPRÊMES

ANIMAL TOTEM

LE LIVRE DES ORIGINES

Traduit de l'anglais (États-Unis)
par Anath Riveline

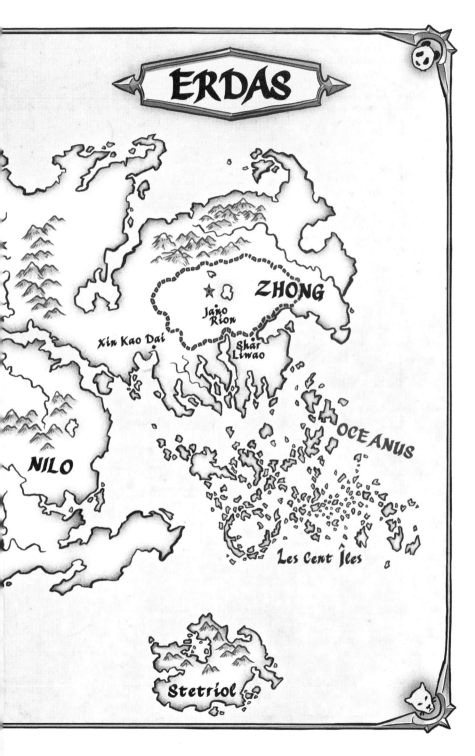

J'irai seul s'il le faut.
Aussi longtemps que je vivrai, l'Erdas aura un protecteur.

Kovo

L'ascension du Roi Reptile

Les yeux plongés dans l'ombre, Feliandor, le jeune roi du Stetriol, s'armait de courage. Derrière lui, l'océan s'étendait, et devant s'ouvraient une forêt noire, et son destin.

La pointe de sa botte enfoncée dans le sable, il pensa à son royaume agité. Il sortit d'une poche cachée dans sa cape de voyage une petite fiole en verre, qui contenait une seule goutte d'un liquide couleur ambre. Il fit tourner le flacon entre ses doigts pour regarder la lumière faiblissante l'éclairer.

Cette potion détenait le pouvoir de tout changer. La Bile.

En son temps, le père de Feliandor était un bon roi, et Feliandor espérait suivre son exemple. Pour cette seule raison, il ouvrait les portes de son palais une fois par semaine et entendait tous les citoyens, sans exception, désireux de s'entretenir avec lui. Cette tradition, mise en place des années plus tôt, avait rendu son père très populaire.

— Nous vivons dans une grande tour, avait-il dit à son fils. Pourtant un roi ne devrait jamais se tenir trop loin de ses sujets pour les entendre.

C'est la raison pour laquelle Feliandor recevait régulièrement les gens de son royaume. En général, ils arrivaient de loin pour exposer leurs petits problèmes et le roi les écoutait attentivement. Il hochait la tête, les rassurait et, s'il le pouvait, trouvait des solutions.

Une vraie corvée pour lui, et ça ne s'arrangeait pas avec le temps. Heureusement, ses deux fidèles alliés se tenaient toujours à ses côtés pour surmonter cette épreuve : à sa gauche, Salen, le conseiller royal et à sa droite, Jorick, le capitaine de la garde. Avec la connaissance et le pouvoir qu'ils représentaient, l'erreur n'était pas permise.

Et son peuple semblait déterminé à en avoir la confirmation.

– Majesté, vous devez intervenir, le supplia Gérard, le vieux forgeron, en désignant l'homme près de lui. Il me vole mon gagne-pain.

L'intéréssé, plus jeune, prénommé Donnat, était forgeron lui aussi.

– Ce vieux râleur n'a pas besoin de moi pour le perdre, souffla-t-il, les bras croisés. Il ne respecte pas les délais ! Les clients me l'ont dit, et mes techniques révolutionnaires...

– Tes techniques sont pitoyables, l'interrompit Gérard. Tu sacrifies la qualité en faveur de la vitesse. Tes épées se briseraient sur la carapace d'une tortue.

– La calomnie, c'est tout ce qui lui reste, Votre Majesté. Ou peut-être faut-il comprendre qu'il a déjà attaqué des tortues avec mes armes...

Feliandor aurait aimé pouvoir rire du spectacle que ces deux pauvres bougres lui offraient, mais ils n'étaient pas seuls dans la salle du trône. S'il parvenait à résoudre ce conflit, il ferait preuve de sagesse et de maîtrise de soi. Il se devait d'afficher

son talent de diplomate et d'homme de raison devant l'assemblée.

Le son qu'il produisit en se raclant la gorge résonna sur les vieux murs de pierre. Des fentes étroites s'y découpaient, en hauteur, laissant passer la lumière du jour. Bien que décorée de tapisseries colorées, d'épées et de boucliers ayant appartenu aux rois qui s'étaient succédé, la salle du trône était d'une tristesse à pleurer. Feliandor s'y était toujours senti comme dans une tombe. Même pendant les périodes plus heureuses.

Le trône, hissé sur un socle de pierre, était une œuvre d'art. Entièrement sculpté dans du fer du Stetriol, il était ornementé d'une demi-douzaine de figurines d'animaux d'un réalisme remarquable : les ailes déployées d'un grand rapace, les écailles d'un reptile, les griffes d'un prédateur. Pas confortable, mais très beau. Et intimidant. Fel n'avait jamais rien vu de tel ailleurs et aucun des deux forgerons devant lui n'était capable de réaliser une telle prouesse, il en était certain.

Il tourna la tête vers le plus âgé, Gérard.

– Il était ton apprenti, n'est-ce pas ?

– En effet, répondit l'homme, mécontent. Et je me disais qu'une fois qu'il aurait terminé sa formation chez moi, il ouvrirait une boutique ailleurs. Pas à deux portes de mon enclume, qui sert notre ville depuis des générations !

– Comment suis-je censé gagner ma vie si les vieux ne passent pas le relais ? répliqua Donnat en haussant les épaules.

– Je vois, ponctua le roi. Donc, il n'y a pas assez de travail pour tout le monde. C'est un bon résumé de la situation ?

– Exactement, répliqua Gérard. La concurrence ne me dérange pas, mais je n'adopterai pas les pratiques de ce charlatan.

– C'est pour ça que tu ne pourras jamais battre mes prix, se moqua Donnat.

Feliandor s'adressa à voix basse à ses conseillers.

– Salen, qu'en pensez-vous ?

– Hmm, oui, lâcha lentement le sage en frottant lentement sa barbe blanche.

Salen faisait tout lentement.

– Cela soulève d'importantes questions... sur le rôle de la couronne dans le commerce. J'aimerais

réunir un comité dirigé par les figures phares de la guilde des marchands, et ouvrir le débat...

Feliandor leva les yeux au ciel,

– Salen, Salen, je vous en prie, si vous m'imposez une seule réunion de plus, je vous fais exiler. Je veux la solution maintenant.

Il se détourna.

– Des idées, Jorick?

Jorick émit un grognement caractéristique de son peu de goût pour les disputes entre marchands.

– Je pourrais les frapper l'un contre l'autre jusqu'à ce qu'on obtienne un seul gros forgeron à la place de ces deux gringalets.

Fel sentit un sourire se dessiner malgré lui sur ses lèvres.

– Excellente idée, Jorick, mais ce sera notre plan B.

Il s'éclaircit de nouveau la gorge, ce qui fit taire la foule en attente de son jugement.

– Très bien, très bien. Si les forgerons manquent de travail, alors je m'assurerai qu'ils en aient davantage. Il est grand temps que la garde du roi reçoive de nouveaux équipements. Avec une telle commande, vos forges brûleront pendant des mois. Cela vous convient-il ?

Le vieux forgeron hocha la tête.

– Ce sera un honneur pour moi de fournir des armes et des armures à vos soldats.

Le plus jeune sourit.

– Et moi je le ferai deux fois plus vite pour la moitié du prix.

– Sûrement pas, gronda Feliandor. Je ne tolérerai pas un travail bâclé et vous recevrez le même salaire. Voyez les modalités avec mon timonier en sortant.

Fel adressa un sourire satisfait à ses deux conseillers quand les forgerons partirent.

– Alors ? Tout le monde est satisfait.

Salen resta impassible.

– Une solution à court terme, Majesté, ne mérite qu'une courte célébration.

– Merci beaucoup, Salen, je vous laisse l'organiser. Suivant.

Il se tourna vers le page chargé de faire respecter l'ordre de passage.

– Qui a une autre affaire à démêler ? demanda-t-il en se frottant les mains.

— Je vous présente mes excuses, Majesté, mais c'est terminé pour aujourd'hui, répondit le jeune homme, le visage blême.

— Sûrement pas ! gronda Fel en scrutant la salle.

Plusieurs dizaines de personnes assistaient à l'audience. Étaient-elles simplement venues par curiosité ? Pourquoi ne saisissaient-elles pas l'occasion qu'on leur donnait de parler à leur souverain ?

Ses yeux se posèrent sur une femme qu'il n'avait jamais vue avant. Même si elle était perdue parmi les spectateurs, il vit tout de suite qu'elle venait du Nilo. Elle se démarquait des autres par sa peau mate, et les couleurs vives de ses vêtements ne pouvaient être obtenues qu'avec des teintures à base de plantes de cette région.

On voyait assez peu d'étrangers à la cour du roi pour que Feliandor la remarque tout de suite. Que venait-elle faire là ? Elle avait une posture majestueuse, le menton fièrement levé. Se pouvait-il qu'elle fût une représentante de la famille royale ? Si c'était le cas, pourquoi ne s'était-elle pas présentée comme le voulait la coutume ?

Soudain, Feliandor se sentit mal à l'aise.

– Je sais, lança-t-il tout haut. Qu'on me présente alors les avancées du projet de boisement. Où est Xana ?

Les gens s'écartèrent pour laisser passer la jeune fille. Elle portait une blouse, élégante mais tachée d'herbe et de terre, un pantalon et des bottes, plus pratiques pour ses fonctions de première botaniste du pays que la jupe traditionnelle.

Elle s'inclina avant de regarder Feliandor dans les yeux.

– Pardonnez-moi, Majesté, je n'ai pas préparé de mise au point.

– Pas la peine d'être si formelle, Xana, répliqua le roi en souriant. Je suis simplement curieux de connaître tes progrès.

– Malheureusement, j'en suis toujours au même point.

Salen leva un doigt noueux.

– Votre Majesté, il serait peut-être judicieux de laisser le temps à Xana de rédiger un rapport officiel. Je peux fixer un rendez-vous...

Feliandor poussa un gémissement pour le couper.

– Je n'en doute pas, Salen. Rien ne vous rendrait plus heureux.

Il se leva de son trône et avança vers Xana, debout au pied des marches de l'estrade.

– J'aimerais simplement savoir ce que tes employés ont fait au cours du dernier mois. Avez-vous planté quelque chose ?

Xana hocha la tête.

– Nous avons planté quatre cents jeunes arbres importés. Douze espèces différentes. Seuls trente pour cent ont survécu.

– Trente pour cent ! Ça fait...

Feliandor s'interrompit.

– Ça fait plus de cent arbres qui n'étaient pas là avant. Ce n'est pas rien.

Xana secoua la tête, moins nerveuse maintenant qu'elle parlait de son travail.

– Aucun ne tiendra plus d'une année. Leurs racines ont besoin d'un sol plus lourd. Ceux qui ne mourront pas par manque de nutriments et d'eau vont devenir trop gros pour des racines insuffisantes. Ils ne tiendront pas debout.

Fel tressaillit. Il sentait tous les yeux rivés sur lui, mais ne lâchait pas Xana du regard.

— Très bien, déclara-t-il d'une voix qu'il espérait calme et maîtrisée. Je vais doubler ton budget pour le trimestre prochain, mais tu dois me promettre que tu auras quelque chose à me montrer quand nous nous reverrons.

— Je ne peux pas, Majesté.

— Tu ne peux pas me promettre des résultats ?

— Non, je ne peux pas accepter plus d'or royal. Transformer les plaines en forêts exige plus que des arbres. Il faudrait un environnement entièrement différent. Je ne vois pas ce que nous pourrions faire, si ce n'est apprendre à contrôler le climat.

Fel se tut, envahi par une vague asphyxiante de colère et de déception. Il eut soudain chaud au visage et comprit qu'il rougissait devant ses sujets. Il serra les poings et les dents, mais plus il luttait, plus le feu lui montait aux joues.

Il croisa le regard de la jeune fille du Nilo, qui l'observait sans l'ombre d'une émotion. Il détourna les yeux en premier.

Xana semblait de nouveau nerveuse et le silence s'éternisait. Ce fut elle qui reprit enfin la parole.

– Je suis désolée, Majesté. Il fait trop sec ici. Le sol est aride et stérile, aucune forêt ne poussera au cœur du Stetriol.

Tout à coup, les lourdes portes de la salle s'ouvrirent avec fracas. Toutes les têtes se tournèrent vers l'entrée, où apparut un vagabond déguenillé, une expression de dément sur son visage à la barbe en bataille. Il portait un sac en toile crasseux.

Jorick dégaina son épée. Ses hommes, postés dans toute la pièce, l'imitèrent.

– Attends, ordonna le roi en posant une main sur le bras du capitaine.

– Bon roi Fel ! hurla l'homme d'une voix chantante. Bon roi Fel, le bon roi Fel, maintenant il ne reste que toi !

On aurait dit les paroles d'une ballade, mais Feliandor n'en retrouvait pas l'air.

– Qu'est-ce que tu veux ? aboya Jorick.

L'homme continua à avancer lentement vers le trône et les spectateurs s'écartèrent pour le

laisser passer. Il remonta le sac sur son épaule.
Un grognement s'échappa de sa gorge.

– Je suis parti de l'autre côté, et maintenant je
suis revenu, répondit-il enfin. Il me l'a demandé.
Comme quand j'ai supplié Jace de rester en vie,
mais personne n'écoute !

Salen fut secoué d'un sursaut de surprise.

– C'est Lord Griswald, murmura-t-il à l'oreille
du roi.

– Mais oui ! s'exclama Fel, stupéfait. Je le croyais
mort.

Lord Gareth Griswald était un héros national,
célèbre pour avoir été le premier à escalader le mont
Crimson, la plus élevée des Montagnes Rouges. Cet
exploit l'avait naturellement qualifié pour la première entreprise commanditée par le roi Feliandor :
Griswald devait conduire une équipe d'explorateurs
dans les Montagnes Rouges, au cœur du Stetriol,
et au-delà.

Peu de gens avaient osé s'aventurer à l'intérieur
du continent, qui, contrairement au littoral, était
méconnu, désert et inhabité. Pourtant Feliandor
avait toujours espéré découvrir une oasis dans ces

terres arides. Peut-être un grand lac intérieur entouré de forêts foisonnantes, ou une caldeira sauvage propice à l'agriculture et à l'élevage.

Mais Griswald, qui avait disparu de l'autre côté de la montagne depuis plus d'un an, n'avait pas l'air de quelqu'un qui avait passé un bon moment dans une oasis.

Feliandor leva les bras et annonça d'une voix puissante :

– Lord Griswald est de retour !

S'il avait eu l'intention de calmer la foule, c'est l'effet inverse qu'il obtint. Un murmure teinté d'effroi s'éleva. L'homme qui se présentait aux habitants du Stetriol n'était autre que leur héros perdu, revenu dans un état déplorable.

Il s'était suffisamment approché du trône pour que Feliandor sente à présent la puanteur qui se dégageait de lui, comme du lait resté trop longtemps au soleil.

– Eh, mon brave, lança Fel assez fort pour que tout le monde l'entende. Tu as traversé une sacrée épreuve. Qu'on te prépare un bon bain et un repas

chaud. Salen prévoira un rendez-vous pour que tu me racontes tes péripéties.

Fel eut l'impression de voir le sac de Griswald bouger.

– Jace est mort, déclara l'explorateur.

– Qui est Jace ? murmura Fel, se tournant vers Salen.

– L'un des membres de son groupe, répondit le conseiller tout bas. Le jeune cartographe.

– J'ai tout écrit pour m'en souvenir, continua Griswald sans s'arrêter de marcher. Jace a été tué par les crapauds, Janas par les abeilles. Marcus... Marcus est mort de soif sous un pin.

– Quelle horreur... Tout son groupe a péri, soupira Salen.

– Faites-le sortir d'ici, ordonna Fel d'une voix à peine audible.

Jorick fit un signe à ses hommes. Malgré son épuisement évident, Griswald remarqua le déplacement des gardes.

– *Non !* hurla-t-il.

Il brandit son sac devant lui comme une arme.

– Non, je dois donner son cadeau au roi !

Salen posa une main sur l'épaule de Feliandor.

– Majesté...

Fel ne parvint pas à se lever tant ses jambes tremblaient.

Alors que les gardes approchaient de toute part, Griswald vida le sac.

Il contenait des serpents. Des dizaines de serpents formant un amas grouillant multicolore. Ils se tortillaient sur le sol en sifflant.

Et soudain, ils se démêlèrent et fusèrent dans toutes les directions.

La panique envahit la salle. Tandis que les gardes se ruaient sur les reptiles avec leurs épées, l'assistance s'élançait vers les portes en se bousculant et en hurlant. Au centre de la salle, Griswald riait. Un cri retentit et Fel vit un serpent fondre sur une petite fille, la gueule ouverte, les crochets scintillants. Avant qu'il ne puisse la mordre, une forme marron le trancha en deux. C'était un animal, mais si rapide que Fel parvint à peine à le distinguer. Une sorte de rongeur, lui aussi long et sinueux comme un serpent.

— Vous régnez sur un royaume fait de serpents et de poussière ! gronda Griswald. Au-delà des montagnes, seule la mort vous attend !

Jorick entraîna Fel derrière le trône, vers des portes cachées par des rideaux. Après avoir mis le roi à l'abri, le capitaine retourna dans la grande salle. Salen accompagna Feliandor et bloqua la porte à l'aide de la poutre.

Dans l'obscurité, pendant que les cris de ses sujets lui parvenaient encore, Fel se sentit dépassé. L'espace d'un instant, il eut l'impression d'être redevenu un enfant et que Salen était le bon vieillard rassurant qu'il avait toujours connu. Terrorisé, le roi se jeta dans les bras de son conseiller. Salen ne laissa rien paraître de sa surprise, se contentant de le réconforter.

— Tout va bien, Majesté ? demanda-t-il en posant ses mains sur les épaules de Feliandor.

— Je veux qu'on enferme cet homme, affirma le roi en redressant sa couronne sur sa tête.

— Mais c'est un héros ! Les gens...

— Faites ce que je vous demande, Salen. Qu'il croupisse dans les geôles.

Cette nuit-là, Feliandor ne trouva pas le sommeil. Rien d'étonnant après les évènements de la journée.

Il déambula dans les couloirs du château, jamais complètement sombres ni complètement déserts. Des bougies restaient allumées jusqu'au petit matin pour les sentinelles qui veillaient dans tout le palais. Elles se tenaient si droites et impassibles que Feliandor oubliait parfois qu'il s'agissait de vrais êtres humains. Pour lui, elles faisaient plutôt partie des meubles.

Il arriva dans le grand hall, où les portraits des rois du Stetriol ornaient les murs. Il longea les visages de ses ancêtres pour s'attarder devant ceux de ses parents. Ils avaient bouleversé les traditions en demandant à poser ensemble, roi et reine, sur le tableau officiel. Ils s'étaient toujours considérés comme égaux.

Et si le père de Feliandor était aimé de ses sujets, ils vouaient pratiquement un culte à sa mère. Toujours au plus près du peuple, elle soutenait les projets de santé publique, ainsi que l'alphabétisation, au grand dam de la noblesse. Ses détracteurs furent sidérés de constater l'enthousiasme que provoqua cette entreprise novatrice.

En œuvrant de concert, les parents de Feliandor avaient laissé le Stetriol dans de bien meilleures conditions qu'ils ne l'avaient trouvé. C'était un fait avéré.

Manque de chance pour Feliandor : il avait hérité d'un royaume à son apogée qui ne pouvait qu'aller moins bien. Et le Stetriol connaissait en effet une période de déclin. Beaucoup de gens dans le pays cherchaient un bouc émissaire, quelqu'un à qui reprocher leurs difficultés. Ils n'accusèrent ni l'aridité du sol, ni la chaleur suffocante à l'intérieur des terres, ni le temps en général. Pour eux, le coupable était le roi.

Pour la centième fois, Fel étudia le portrait de ses parents, se cherchant des points communs avec leurs visages. N'avait-il reçu d'eux que leurs traits quelconques... et leurs problèmes ?

Il n'était pas responsable du dépérissement de son pays. De cela, au moins, il était convaincu. Avec leur climat tempéré, les côtes étaient pleines de vie et animées. Seulement au-delà des Montagnes Rouges s'étendait un territoire aride, hostile, où proliféraient les bêtes venimeuses.

Seules les côtes du Stetriol étaient habitables. Et avec la population qui augmentait, grâce aux réformes de ses parents, principalement, elles devenaient surpeuplées. Les gens n'avaient plus où aller. Ils n'avaient plus de travail, la pauvreté grandissait, entraînant crimes et délinquance.

Le projet de boisement représentait son dernier espoir. C'est pour cela qu'il avait envoyé une dizaine d'explorateurs parmi les plus brillants du royaume pour installer une colonie temporaire de l'autre côté des montagnes. Leur objectif : travailler le sol pour qu'il supporte une plus grande variété de plantes. Fel voulait faire pousser sur le Stetriol une jungle pareille à celle du Nilo, ou une forêt digne de l'Eura.

Mais tout ce que ses hommes avaient planté mourait.

Un mouvement au sol attira l'attention de Fel. Il sursauta, craignant de voir un des serpents de Griswald, avant de reconnaître le petit mammifère qui avait sauvé la fillette dans la salle des gardes.

– Bonjour, le salua Fel. Que fais-tu ici ?

Il se rendit compte trop tard qu'il se ridiculisait devant le garde posté dans le couloir.

L'animal se hissa un instant sur ses pattes arrière, claqua la langue puis partit en courant. Il s'arrêta à mi-chemin dans le hall et se tourna vers le roi.

– Tu veux que je te suive ?

La petite bête claqua de nouveau la langue et reprit sa route. Son intelligence évidente indiquait qu'il s'agissait d'un animal totem. Fel s'en était douté, plus tôt, mais le rongeur n'appartenait à aucun des gardes. Il avait éveillé sa curiosité.

– Vous, là, cria-t-il à la sentinelle la plus proche. Venez et restez près de moi.

L'animal les conduisit vers une cour extérieure. L'air doux de la nuit sentait bon l'océan. Fel éprouva soudain une bouffée de bonheur. Les meilleures journées de son enfance, il les avait passées sur la plage, loin de ce château sinistre, et l'odeur de l'eau de mer dans le vent suffit à le ramener à une époque insouciante, mais trop courte. Quand, tout à coup, une silhouette sortit de l'ombre, le garde dégaina son épée. Fel revint aussitôt à la réalité du moment présent.

La silhouette s'agenouilla.

– Je suis venue en paix, dit-elle.

Fel reconnut aussitôt la jeune fille du Nilo. Il leva une main pour arrêter le garde.

– Tout va bien, assura-t-il.

Il jeta un coup d'œil au soldat par-dessus son épaule.

– Mais ne rangez pas votre épée.

Il examina la femme, toujours agenouillée, les yeux rivés sur le sol. La petite bête velue, juchée sur son épaule, observait le roi.

– Je suppose que vous n'êtes pas là pour m'annoncer que le Nilo reconsidère les termes de notre dernier accord commercial, déclara Fel. Jusque récemment, les besoins en fer du Nilo représentaient une source de revenus fiable pour le Stetriol. La situation avait changé avec le nouveau gouvernement de l'Amaya qui vendait ses ressources à un prix modique.

– Malheureusement, ce n'est pas le cas, Votre Majesté.

– Levez-vous, je vous prie.

Elle obéit et croisa son regard. Elle était bien plus grande que lui, surtout avec le rongeur sur son

épaule. Pour autant, il n'était pas question que Fel se laisse intimider dans son propre château.

– Il est à vous ? lui demanda-t-il en désignant son petit compagnon.

– Vox. Mon animal totem.

Dans un éclair, Vox disparut, laissant place à un tatouage noir qui entoura l'épaule et le haut du bras de la jeune fille.

– C'est une mangouste. Une espèce originaire de mon pays.

– Tu viens du Nilo, mais ce ne sont pas tes dirigeants qui t'envoient, résuma Feliandor.

– Je suis en mission pour quelqu'un. Un bienfaiteur. Il souhaite vous donner un présent.

Elle parlait d'une voix neutre, sans un brin d'émotion. Fel brûlait d'impatience.

– Ça peut attendre demain, j'en suis sûr. Mon conseiller adore remplir mon emploi du temps.

– Je me suis adressée à lui ce matin même, Majesté. Il m'a repoussée.

– Pardon ?

– J'ai essayé de vous aborder selon la procédure officielle. Votre Salen a refusé que je vous parle.

Et pourtant je ne pouvais pas partir sans m'entretenir avec vous.

Méfiant, Fel laissa poindre un sourire sur son visage.

– Alors ce présent doit être magnifique...

– Bien plus que vous ne l'imaginez.

Elle désigna la sacoche à sa taille et hésita à bouger de peur que le garde ne se méprenne sur son geste.

– Je peux ? demanda-t-elle.

– Bien sûr.

Elle sortit de la sacoche une petite fiole en verre, pareille à celles que les alchimistes utilisent pour concocter leurs potions. Elle la tint entre le pouce et l'index.

– Le liquide de cette petite bouteille s'appelle la Bile, annonça-t-elle. Comme son nom l'indique, il est amer mais je peux vous garantir qu'il fait des merveilles.

– Laisse-moi deviner, lança Feliandor en croisant les bras. C'est une potion de guérison. Ton mystérieux bienfaiteur est un grand médecin sorcier et il aimerait avoir une pension royale. Tu sais, j'ai déjà essayé un élixir de vitalité et j'ai eu la langue verte pendant une semaine.

– Cela n'a rien à voir, Majesté.

La femme sourit de toutes ses dents.

– Que penseriez-vous si je vous disais que Vox et moi ne sommes liés que depuis trois mois ?

– Je penserais que tu mens. Les animaux totems se manifestent quand on a treize ans, jamais plus. Et sans vouloir t'offenser, tu n'as pas l'air d'avoir treize ans.

– Mais vous, si. Cela ne vous paraît pas injuste ?

Elle osa avancer d'un pas.

– Malgré votre pouvoir, vous n'êtes pas en mesure de décider de figurer parmi les élus qui auront la chance de devenir des Marqués.

Feliandor haussa les épaules.

– J'apprends à mes dépens que le pouvoir n'offre que peu d'avantages. Et mes parents s'en sont très bien sortis sans animaux totems. *Élu* est un grand mot.

– Et pourtant, vous ne laissez rien au hasard, n'est-ce pas ? Votre projet de boisement, par exemple...

– Oui, eh bien, de cette débâcle, j'ai également une leçon à tirer.

– Voici la leçon, si je peux me permettre : si vous ne pouvez pas changer votre terre, pourquoi ne pas changer votre peuple ?

Feliandor ne répondit rien. La femme enchaîna.

– Avec une seule dose de ce liquide, indépendamment de son âge, une personne peut forcer le lien avec n'importe quel animal. Et avec ce lien vient le pouvoir : le pouvoir de devenir plus impitoyable, plus rapide et plus fort. J'en suis l'illustration. J'ai énormément gagné de mon association avec Vox.

Fel lâcha un grognement.

– Cela semble merveilleux, mais crois-moi si tu veux, la première chose que l'on apprend quand on devient roi, c'est de ne jamais boire un liquide offert par un inconnu.

– Je vous donne cet échantillon. Faites-en ce qui vous chantera.

Elle s'inclina et posa la fiole par terre. En se redressant, elle fit un pas en arrière.

– Je vous ai laissé un deuxième présent dans la salle du trône : un oiseau en cage. Si la Bile vous plaît et que vous désirez rencontrer mon bienfaiteur, libérez l'oiseau. Ce sera le signal que vous êtes prêt à le retrouver sur une plage d'une des Cent Îles, que ses habitants appellent l'île de la Belladone. Si vous ne libérez pas l'oiseau d'ici cinq jours ou que vous n'atteignez pas la plage à temps, mon bienfaiteur ira s'adresser à d'autres qui pourraient se montrer plus intéressés par son offre.

— C'est absurde, s'offusqua Fel sans quitter la fiole des yeux. Comment es-tu entrée dans la salle du trône ?

— La mangouste marche d'un pas léger... Cinq jours, Majesté. N'oubliez pas.

Aussitôt, elle replongea dans l'ombre et enjamba le mur du jardin, plus rapidement qu'aucun être humain n'aurait pu le faire. Feliandor songea qu'elle se déplaçait en effet comme une mangouste.

En plus de la fiole, elle avait laissé un parchemin abîmé.

À l'aube, quand Salen et Jorick entrèrent en trombe dans la chambre de Feliandor, le roi, n'ayant pas dormi, était encore dans ses vêtements de la veille.

— Majesté ! s'exclama le conseiller en postillonnant. Que m'ont raconté les gardes ? Vous avez conversé avec une dangereuse inconnue au milieu de la nuit !

Salen n'avait jamais été aussi furieux. Mais Feliandor était plus en colère encore.

– Oh, je vous assure, Salen, c'est elle qui est venue me chercher et pas le contraire. Elle m'a laissé ceci.

Il s'exprimait sur un ton glacial tout en dépliant un parchemin, pareil à ceux que ses concitoyens s'échangeaient depuis que sa mère avait appris à lire et à écrire à son peuple.

Au centre du document s'étalait un dessin grossier avec pour légende « l'or du fou ». C'était une caricature de Feliandor avec un bec à la place du nez, des sourcils broussailleux et des habits tellement amples qu'il flottait dedans. Une immense couronne lui tombait sur les oreilles et une cape traînait derrière lui tel un rideau. Debout sur un tabouret, le roi minuscule levait les bras pour atteindre une plante en pot, qu'il arrosait avec un arrosoir en fer-blanc. Seulement de la cruche, ce n'est pas de l'eau qui sortait, mais des pièces.

À l'arrière-plan de cette scène, une famille de mendiants mourait de faim.

– C'est ce que les gens pensent de moi ? bouillonna Feliandor. C'est ce qu'ils disent dans mon dos ?

– Patience, Majesté, le rassura Salen, dont la colère s'était évanouie. Ce n'est l'œuvre que d'une personne. N'allez pas en tirer des conclusions.

– Vraiment ? Et combien de mes sujets ont-ils eu l'occasion de voir ce dessin ou d'autres similaires ? Comment l'oublieront-ils ? C'est impardonnable ! Je veux que l'on convoque cet artiste. Il devra répondre de ses horreurs.

– Je vous conseillerais...

– Moi je vous conseille de garder votre opinion pour vous-même, Salen. C'est une question de sécurité nationale, c'est à Jorick de s'en occuper, pas à vous.

Il se tourna vers le capitaine, perplexe.

– Capitaine, que la personne responsable de ce dessin me soit présentée immédiatement !

– Vous me demandez de l'arrêter ? s'étonna Jorick.

Feliandor ne prit qu'un instant pour réfléchir à la question.

– Oui, pourquoi pas ? Discréditer le roi ainsi...
c'est très dangereux. Jetez-le dans le donjon jusqu'à
ce que je décide quoi faire de lui.

Salen claqua la langue et secoua tristement la tête.

– Ça suffit, Salen. Je ne suis pas d'humeur, lui
lança Feliandor en jetant le parchemin sur la table.

Puis il se dirigea vers la porte de sa chambre.

– Je ne suis pas si petit !

Plus tard dans la soirée, Fel se retrouva de nouveau devant le portrait de ses parents. Il tentait
d'imaginer comment un dessinateur sans scrupule
aurait pu caricaturer leurs visages. Il ne trouva aucun
des défauts qu'un artiste aurait pu exploiter.

Il avait rangé la fiole dans sa poche, que ses
doigts avaient frôlée à plusieurs reprises au cours
de la journée. Salen et Jorick savaient tous les
deux qu'il la gardait avec lui, mais il les avait évités
après la confrontation du matin. Il ne pourrait continuer indéfiniment.

Il s'éloigna de ses parents afin d'examiner le
garde le plus proche. Sûrement le même homme que
la veille.

Fel sortit la petite bouteille de sa poche et la brandit devant lui.

– Sais-tu ce que c'est ? demanda-t-il au garde.

– La Bile, Majesté, répondit l'homme, sans bouger, le regard droit devant lui.

Un rictus se dessina sur la bouche de Fel.

– Et ton capitaine, sait-il ce que c'est ?

Le garde déglutit, une lueur d'angoisse scintillant dans ses yeux, même s'il restait toujours aussi droit.

– Il le sait, Majesté. Je lui ai tout raconté, Majesté. À lui et au conseiller.

Il déglutit de nouveau.

– C'est mon devoir.

– Je vois.

Il examina la fiole dans sa paume tout en continuant à s'adresser au garde.

– Comme tu es... scrupuleux. Dis-moi, qu'aurais-tu fait hier si la femme s'était montrée hostile ?

– Je l'aurais attaquée, Majesté.

– Et si elle avait pointé une flèche sur mon cœur ?

– Je l'aurais arrêtée, Majesté.

– Même si tu n'avais eu d'autre choix que de t'interposer ?

– Oui, Majesté.

Le garde répondait sans aucune hésitation.

– Et si je te disais que j'ai l'intention de goûter cette substance potentiellement dangereuse ?

Fel leva les yeux vers le garde, qui ne baissait pas la tête. Il ne s'était manifestement pas attendu à cette question.

– Je vous... je vous en empêcherais, Majesté ? hasarda-t-il.

– Vraiment ! lâcha Fel en riant presque. Tu m'en empêcherais ?

– Bien sûr que non, Majesté, se contredit rapidement le garde. Je ne ferais jamais...

Fel éprouva une pointe de pitié pour le pauvre homme.

– Je vais te dire la question que je me pose vraiment. Je me demande si tu accepterais de boire cette substance pour moi. Ne serait-ce pas un peu comme t'interposer entre une flèche et ma personne ? Mieux, même ? Tu as de meilleures chances de survivre avec ce liquide.

Le garde ouvrit la bouche, mais la voix de Jorick retentit avant qu'il ne puisse répondre.

– Laissez ce gamin tranquille.

Fel crut d'abord que c'était lui que son capitaine appelait ainsi, mais il comprit que Jorick parlait du garde. Était-il si jeune ? Fel le considéra et remarqua qu'il n'avait pas de barbe, contrairement aux autres hommes de Jorick.

Fel se tourna vers son capitaine qui approchait à grands pas.

— Je n'ai pas l'intention de faire goûter ce liquide à aucun de vos gardes, affirma le roi. C'était juste un petit jeu de logique.

— Je le boirai moi-même, se proposa Jorick.

— Vous ?

Feliandor ressentit un mélange de surprise et de culpabilité.

— Votre logique est... logique, expliqua Jorick. Pourtant je ne pourrais rien demander à mes hommes que je ne m'impose pas en premier.

Fel voulut protester, mais Jorick posa paternellement sa grosse main sur son épaule et le roi se tut aussitôt.

— Je vois bien quand vous avez décidé quelque chose. Et malgré cette caricature stupide sur le parchemin, je crois en vous.

Fel hocha silencieusement la tête, inquiet que sa voix trahisse son émotion.

– Je ne me pardonnerai jamais de ne pas avoir été présent, quand le roi et la reine ont été assassinés, ajouta gentiment Jorick.

– Je ne vous le pardonnerai pas non plus, avoua Fel sans réfléchir, et il le regretta aussitôt.

Pourtant c'était vrai. Jorick aurait dû être là pour protéger ses parents. Il aurait dû risquer sa vie pour eux. C'était sa fonction. Le travail le plus important du monde. Et il avait échoué.

La ménagerie du palais était somptueuse. Feliandor savait qu'il existait des parcs animaliers à peine plus engageants que des donjons, remplis de cages avec des barreaux du sol au plafond et de la paille dispersée sur du béton. Ce n'était pas le cas ici. L'environnement naturel de chaque animal avait été recréé avec un tel soin que les bêtes pouvaient se cacher sans difficulté pendant des heures, derrière des arbres ou des rochers, si bien qu'il était parfois difficile de les apercevoir. Lorsqu'il était enfant, Feliandor avait tout son temps et s'il attendait

patiemment sans bouger, les animaux finissaient toujours par se montrer.

À présent, il n'était plus aussi disponible.

– Quelle bête te plaît le plus ? demanda-t-il à Jorick. Si tu ne la vois pas, je demanderai au garde-chasse de te l'apporter.

Feliandor scruta le paysage, se demandant quel animal il choisirait, lui, parmi toutes les espèces qui vivaient là. Les kangourous avec leur puissante queue ? Le phalanger volant, si vif ? L'opossum avec ses gros yeux ? Le loup marsupial avec ses rayures ? Le kookabura, un grand oiseau dont le cri rauque rappelait le rire des humains ? Feliandor avait toujours trouvé les ornithorynques ridicules avec leur bec de canard et leur queue de castor. Le koala lui paraissait au contraire particulièrement adorable, mais totalement inutile. Il passait ses journées à dormir sur les eucalyptus.

Il soupira, se demandant pourquoi les animaux des zoos du Stetriol paraissaient moins impressionnants que ceux des autres pays. Ils n'avaient ni lions, ni ours.

Jorick désigna une grande clôture derrière laquelle on ne voyait que des broussailles. Feliandor savait quel animal vivait dans cet enclos.

— Vous en êtes sûr?

— Je suis un guerrier né, Majesté, répliqua Jorick. Je ne pourrais trouver meilleur partenaire.

— Très bien, acquiesça Feliandor, son cœur s'emballant.

Il scruta les plantes sans rien y voir. Et soudain, ses yeux se posèrent sur la bête qui se cachait derrière les feuilles et les observait avec un regard que le jeune roi aurait qualifié de haineux.

Le casoar était un des plus gros oiseaux du monde, mais pour Feliandor, il ressemblait plus à un dinosaure. Haut d'un mètre quatre-vingts, il devait peser au moins soixante-dix kilos. Ses plumes noires ressemblaient à une chevelure rêche. Quant à sa tête, elle était intimidante. Au bout de son long cou bleu pendaient deux caroncules rouges. Sur le sommet de son crâne chauve poussait une sorte de protubérance osseuse, évoquant un casque, qui se prolongeait jusqu'à la base de son long bec.

Feliandor étudia les puissantes pattes de l'animal, terminées par trois doigts, qui semblaient constituer la partie la plus dangereuse de son corps. Le doigt interne de chaque patte portait une griffe aussi aiguisée qu'un poignard. Le casoar pouvait sans doute tuer un homme d'un seul coup de patte.

Feliandor avait toujours été terrorisé par cet animal, avec ses yeux plats et dorés dans cette face bleue absurde. Le roi avait toujours l'impression qu'il le narguait, comme s'il le mettait au défi de le libérer. Il l'imaginait le regarder fixement en l'éventrant...

– Qu'il en soit ainsi ! s'écria Feliandor en se détournant de la bête monstrueuse. Bon choix.

Feliandor sortit la fiole de sa poche et l'examina un instant. Il sentait qu'il devait dire quelque chose, marquer l'occasion. Mais il ne trouva pas les mots et finit par simplement tendre la potion à Jorick.

Le capitaine non plus ne dit rien. Il retira le bouchon et approcha le goulot de ses lèvres. Quand son regard croisa celui de Feliandor, le jeune roi hésita à l'arrêter, à lui demander de bien réfléchir. Il n'en fit rien. Jorick cligna des yeux et avala le liquide.

Fel contempla le visage de son capitaine. Jorick grimaça, dérangé par l'amertume de l'élixir, mais ce fut sa seule réaction. Il se détourna pour observer le casoar sans dire un mot.

– Eh bien? demanda Feliandor, indisposé par le silence prolongé.

– J'aimerais ouvrir l'enclos, annonça Jorick.

Feliandor lui donna la clé du garde-chasse, avant de reculer de quelques pas sans le quitter des yeux. Il regarda Jorick avancer vers la clôture et ouvrir le portail. Le casoar ne bougeait pas.

– Eh bien? demanda de nouveau le roi à son capitaine.

Subitement, l'oiseau se rua vers la sortie, bousculant Jorick sur son passage avec un sifflement strident. Feliandor ne l'avait jamais entendu émettre un tel son, depuis toutes les années où il visitait la ménagerie. En deux grandes foulées, l'oiseau franchit la distance qui le séparait du roi. Feliandor recula encore, se protégeant le cou et le visage de ses bras. Il trembla alors pour son ventre qu'il avait laissé exposé. Il ferma les yeux...

Lorsqu'il les rouvrit, tout était silencieux. Il laissa échapper un petit sanglot. L'oiseau n'était plus là. Devant la clôture, Jorick tendait un bras. Fel vit que son capitaine avait une marque sur la peau. Un tatouage de casoar. Son cou s'entortillait autour de son biceps tel un serpent.

– Majesté, je suis désolé. Vous n'êtes pas blessé ?

Feliandor tremblait, mais il parvint à esquisser un sourire.

– Vous l'avez appelé à son état passif ?

– Je ne pensais pas que le lien pouvait s'établir si rapidement.

– C'est parce que cet oiseau n'est pas votre partenaire, Jorick, expliqua Feliandor, ravi. C'est votre esclave.

Feliandor suivit les exercices que Jorick accomplissait. Quelques heures à peine après avoir bu la Bile, il tirait déjà les bénéfices de son association avec l'oiseau. Il était plus rapide, plus fort et d'une élégance renversante. Il avait toujours été très impressionnant, une épée à la main, mais à présent, il pouvait se battre contre une douzaine de ses meilleurs soldats sans rater un seul coup.

Influencé par son oiseau, il commençait à préférer le poignard à l'épée. Extraordinaire. La potion était la solution à tous les problèmes du Stelriol. S'il ne pouvait améliorer son pays pour ses habitants, alors il améliorerait ses habitants pour son pays. Il les rendrait plus forts, plus résistants. Il pourrait leur donner de la puissance. Et ils l'aimeraient pour ce cadeau. Ils l'aimeraient enfin autant que son père.

Un soldat arriva en trombe dans la salle et s'agenouilla aussitôt.

– Pardonnez cette interruption, Majesté, mais je me disais que vous deviez être informé... Salen va faire du mal à l'oiseau.

Feliandor laissa échapper un petit rire qui ressemblait à un aboiement. Il se tourna vers l'immense casoar à la griffe meurtrière qui se reposait dans un coin.

– Vraiment ? Celui-ci ?

– Non, Majesté. Le moineau dans la salle du roi. Il l'a pris.

Feliandor se précipita dans les couloirs sinueux du château, Jorick et une douzaine de soldats sur ses talons.

– Allez-y ! ordonna-t-il au capitaine. Courez !
Vous êtes plus rapide que nous tous.

Jorick obéit et disparut loin devant eux, accompagné de son casoar. En les regardant partir, Feliandor se dit qu'il était préférable de garder un œil sur cet oiseau qui lui inspirait une sensation de malaise.

Alors qu'il approchait de la salle du trône, il fut envahi d'une violente colère. Le moineau était son seul lien avec son nouveau bienfaiteur. Son seul lien avec la Bile. Sans lui, il revenait à la case départ, sans aucune perspective concrète.

Feliandor franchit le seuil de la porte, sidéré par la scène qui l'accueillit.

Salen était accroupi devant Jorick, qui semblait enragé, presque inhumain. Le capitaine dominait le conseiller de toute sa hauteur menaçante, tandis que le vieil homme se tenait le ventre des deux mains. Du sang coulait sur sa tunique.

À quelques pas de là, le casoar les regardait, le sang de Salen sur sa griffe.

– Salen ! hurla Fel.

Il se précipita dans la pièce et tomba à genoux devant son conseiller, posant les mains sur les doigts rouges et visqueux du vieil homme, comme s'il pouvait réparer la blessure. Salen ouvrit de grands yeux, mais ne dit rien.

— Jorick, mais qu'avez-vous fait ? Gardes ! Allez chercher un médecin sur-le-champ !

La moitié des hommes qui l'avaient accompagné dans la salle du trône firent demi-tour. Jorick semblait retrouver ses esprits. Il clignait des yeux furieusement.

— Majesté, je... je ne sais pas ce qui m'a pris. Je l'ai surpris alors qu'il s'apprêtait à tuer l'oiseau et je... C'est comme si je ne contrôlais plus mon corps. Tout s'est passé si rapidement...

Fel allongea délicatement Salen sur le sol, une main derrière la tête du vieil homme, l'autre sur son ventre ouvert pour colmater la plaie et endiguer le flux de sang.

— Imbécile, que faisiez-vous ? demanda Fel à Salen.

— J'essayais... de vous protéger, répondit-il d'une voix faible.

– Je ne suis plus un enfant, Salen. Je n'ai pas besoin de votre protection. Et vous n'avez pas le droit de prendre des décisions qui ne reviennent qu'à moi.

Fel sentit la colère le gagner de nouveau. Il ne supportait pas de voir Salen blessé, mais ce n'était pas sa faute. Son conseiller avait tenté de le trahir.

– Écoutez, murmura le vieil homme. Écoutez.

Feliandor approcha l'oreille de la bouche du vieillard.

– Il y a un... appétit en vous. Il peut vous pousser à accomplir de grandes choses.

Il s'humecta les lèvres.

– Mais l'appétit chez un roi peut être une terrible malédiction.

Quand le médecin arriva, le jeune roi se recula. Engourdi, il regarda l'homme travailler et essuya ses mains pleines du sang de Salen. Il faillit trébucher sur la cage couchée par terre. À l'intérieur, le moineau était indemne.

– Votre conseiller vivra, assura le médecin au roi. Mais il lui faudra plusieurs mois pour se rétablir.

– Emmenez-le dans sa chambre, ordonna Jorick.

– Non, le contredit Fel.

Il se pencha et ouvrit la petite porte de la cage afin de libérer le moineau qui s'envola immédiatement par la fenêtre vers le ciel étoilé.

– Enfermez-le dans le donjon, avec les autres traîtres.

Deux jours plus tard, Feliandor était sur une plage. Ce n'était pas celle de son Stetriol natal, ni celle de son enfance joyeuse, mais une petite crique brumeuse sur l'une des Cent Îles. L'émissaire l'avait appelée l'île de la Belladone.

Fel avait laissé tout son équipage sur le navire, à l'exception de Jorick avec qui il avait pris place dans une petite embarcation. Le capitaine avait ramé jusqu'à la plage et, à présent, il protégeait le roi du vent qui venait de l'océan.

– Je pense que vous trouverez ce que vous cherchez dans la forêt, déclara-t-il en désignant la lisière des arbres devant eux.

– En effet, acquiesça Feliandor. Allez, venez.

– Non.

Le jeune roi se tourna vers le capitaine. Il ne reconnut ni le timbre caverneux de sa voix ni l'éclat étrange de ses yeux. Ses pupilles dilatées formaient deux grands disques noirs et ses iris brillaient d'une lueur jaune étonnante dans le soleil. Le casoar, qu'il avait appelé à son état actif, regardait aussi le roi d'une façon déconcertante.

– Vous devez continuer seul, déclara Jorick.

Feliandor ne tenta pas d'insister. Il remonta simplement sa cape de voyage jusqu'à son menton et avança, laissant le capitaine et son oiseau monstrueux.

Après le tumulte de la mer, le silence de la forêt paraissait inquiétant. L'air était humide, le sol caché sous un épais brouillard. Fel n'avait aucune idée de ce qu'il était censé trouver ici.

La réponse ne tarda pas. Dès qu'il entra dans la clairière, le roi vit les arbres et les broussailles s'agiter violemment devant lui, comme s'ils étaient pris dans une tempête. Un arbre s'effondra avec un craquement assourdissant. Fel hésita à faire marche arrière, mais il ne pouvait détacher son regard des

feuilles qui remuaient au-dessus de sa tête, comme tourmentées par les ténèbres.

Il se rendit compte que ce qui bougeait, c'était de la fourrure, plus noire que la nuit. Une immense silhouette sortit des profondeurs de la forêt. Le cerveau de Fel traitait les informations très lentement, à mesure que ses yeux remontaient sur chaque partie du corps de la créature : l'immense poing gris aux phalanges enfoncées dans la terre, les muscles puissants sous le pelage sombre, les narines caverneuses, et les yeux... Des yeux presque humains. Presque.

Un singe, comprit-il alors. Un gorille de la taille d'une tourelle.

Aussitôt, Fel comprit qu'il s'agissait de la Bête Suprême de légende. Kovo.

Il en eut le souffle coupé. Ses mains tremblaient. Et soudain, il fit quelque chose qu'il n'avait jamais fait de toute sa vie.

Il s'agenouilla.

Alors qu'il était à terre, une voix grave et tonitruante résonna à travers les arbres. Ou alors, résonnait-elle seulement dans sa tête ?

— Lève-toi, Feliandor, ordonna l'animal. Je veux te voir debout. Ne sommes-nous pas égaux ?

Feliandor se redressa doucement, remontant la tête en dernier pour enfin regarder Kovo dans les yeux. La Bête Suprême semblait très âgée, avec ses profonds sillons creusés sur sa peau parcheminée. Mais son pouvoir était évident... et écrasant.

— Pardonne-moi, lâcha Fel. Sommes-nous vraiment égaux ? Je... je n'aurais jamais cru te rencontrer...

— Tu comptes parmi les cinq humains les plus puissants sur cette planète, affirma Kovo. Il existe quinze Bêtes Suprêmes. Ce qui fait de toi quelqu'un de plus précieux et de plus rare que moi.

— Si... si ça te fait plaisir, d'accord, répliqua Feliandor, se sentant complètement idiot.

Il s'appuyait depuis si longtemps sur les manières de la cour qu'il ignorait complètement comment agir quand les rôles s'inversaient. Sa voix faible couvrait à peine les battements de son cœur.

— Ce qui me fait plaisir, c'est de faire plaisir aux hommes puissants, Majesté. Et je serais très content d'alléger ton fardeau.

– Il est si lourd...

Les yeux de Kovo scintillèrent.

– Raconte-moi.

Fel s'efforça de respirer calmement et regarda autour de lui pour trouver un soutien. Il finit par poser les yeux sur ses bagues et en retira une d'un de ses doigts. Il la tint devant le gorille.

– Le Stetriol, mon pays, est comme cet anneau d'or. Son contour est riche, magnifique! Mais il est vide à l'intérieur.

Il ferma un œil pour regarder l'immense singe à travers l'anneau.

– On ne peut faire pousser aucune récolte au-delà des montagnes. On ne peut vivre dans les plaines, si bien que les côtes sont désormais surpeuplées et polluées.

Fel tremblait, ce n'était plus la peur qui l'ébranlait. Sa colère refaisait surface, et il la laissa se manifester. Elle l'encourageait. Le faisait parler plus fort, se tenir plus droit.

– Et si des navires venaient à nous attaquer, que pourrions-nous faire? continua-t-il. Impossible de nous retrancher dans les montagnes. Et si une

grande vague s'élevait de la mer pour s'écraser sur nos falaises ? Mon peuple n'aurait nulle part où se réfugier.

Il renfila la bague sur son doigt.

— C'est mon rôle de roi d'imaginer ce genre de situations et de trouver des solutions. Malheureusement, je ne suis doué que pour la première partie.

Un son s'échappa de la gorge de Kovo. On aurait presque dit qu'il ronronnait.

— Et la Bile allégerait ton fardeau ?

— La Bile ?

— C'est pour cela que tu es ici, n'est-ce pas ?

Feliandor hocha la tête.

— Mes sujets chantent une chanson dans les tavernes. Quand je l'ai entendue la première fois, je pensais qu'elle était en mon honneur. « Le bon roi Fel ».

Le jeune roi grimaça et baissa la tête.

— En réalité, ils disent « le bon roi fêlé... », ajouta-t-il. Ils ne me font plus confiance.

Au fond de lui, il sentait la rage le brûler, menaçant de le consumer.

— Je fais tant d'efforts, dit-il dans un soupir. Et ils me détestent. Ils détestent que je ne sois pas mon père. Donc oui, la Bile serait un cadeau, une belle récompense pour ceux qui ont gardé la foi. Elle pourrait rendre mon peuple plus résistant, plus solide pour affronter la dure réalité de notre terre.

— Peut-être, concéda Kovo. Mais qui décidera à qui offrir ce présent? Toi? Et si cela ne mène qu'à plus de ressentiment? Et si tes sujets décidaient de te voler la Bile?

— Qu'ils essayent, gronda Fel.

Le rire de Kovo éclata comme un coup de tonnerre, si fort que Feliandor en fut déstabilisé. Encore une situation qu'il ne contrôlait pas. Et s'il avait fait tout ce chemin pour rien?

Soudain, Kovo s'avança vers le roi, les poings en avant. Fel ne songea plus à la Bile. La Bête Suprême était assez près de lui pour le pulvériser d'un seul pouce. Peut-être même qu'un éternuement suffirait. Il pouvait sentir la chaleur du souffle de Kovo dont la tête cachait entièrement le soleil.

Fel lutta contre sa panique, s'efforçant de ne pas penser qu'il n'avait jamais été plus en danger de toute sa vie. Une douzaine de gardes l'avaient protégé de Griswald. Mais là, il était seul, à la merci de Kovo.

Il soutint le regard de la Bête Suprême.

— Ta détresse me touche, finit par déclarer Kovo. Ta situation me semble fort injuste. Quelle invention humaine terrible que l'injustice... Selon les règles de la nature, les forts dominent, les faibles tombent, rien de plus. Mais dans ta... société, le haut devient si rapidement le bas. Dis-moi : tu fais partie des cinq souverains les plus puissants de l'Erdas. Pourquoi devrais-tu jouir de moins d'un cinquième du territoire ? Simplement à cause d'un accident de naissance ? Tu mérites plus. Un bout du Nilo, une tranche du Zhong... Pourquoi pas ? Ce ne serait que justice, après tout.

Fel hocha la tête. Il n'avait jamais envisagé les choses ainsi. Et il ne lui vint pas à l'esprit de contredire la Bête Suprême.

— Ta terre est riche en fer, continua Kovo. Si riche que tes forgerons en ont bien trop ! Armer ton peuple serait un bon moyen de l'utiliser.

– Mon... mon conseiller trouve qu'il n'est pas sage d'armer la population quand elle est mécontente.

– En effet, il a raison. Mais s'ils tournent leur mécontentement dans la direction que tu auras choisie...

– Je suis désolé... Je ne comprends pas.

Kovo sourit, révélant des incisives immenses.

– Dans le règne animal, les chimpanzés sont ceux qui ressemblent le plus à l'homme. J'ai toujours adoré ces deux espèces. Sais-tu tout ce que vous avez en commun ?

Fel avait la bouche sèche. Il se força à déglutir. Il mourait d'envie de reculer, mais n'osa pas.

– Je n'en ai aucune idée. Nous n'avons pas de chimpanzés dans le Stetriol, répondit-il, immédiatement affligé par sa propre idiotie.

Kovo le savait sûrement déjà.

La Bête Suprême se déplaça de nouveau, contournant le jeune roi. Le gorille longea la lisière de la clairière. Fel pivota, déterminé à ne pas perdre des yeux le gros singe.

– Les chimpanzés utilisent des outils pour

accomplir des tâches, ils résolvent des énigmes et vivent en communauté.

Kovo leva son immense bras et le reposa délicatement sur une branche. Des oisillons piaillaient dans leur nid.

– Et quand ils manquent de nourriture, ils s'organisent pour envahir le territoire d'autres chimpanzés et assassiner leurs rivaux, afin de repousser leurs frontières.

Fel comprenait à présent où il voulait en venir. Kovo referma le poing sur le nid et le broya, étouffant aussitôt les petites voix.

Le roi recula. Ses dents s'entrechoquèrent. Effrayé, il se retint de hurler.

Après un long moment, Kovo se tourna pour le regarder.

– Simple, non ?

L'estomac de Fel se noua.

– Tu... tu proposes qu'on parte en guerre contre nos voisins ?

– La guerre est inévitable chez les humains, malheureusement, ronronna Kovo. La question est plutôt : est-ce que ton peuple fera la guerre avec toi

– pour toi – ou contre toi ? Allons, ne prends pas cette mine décomposée. Tu as le temps de considérer la situation.

– Mon père voyait la guerre comme le pire des fléaux.

– Ton père a vécu dans une période plus simple. Ce n'est pas très juste non plus, si tu y penses. Il t'a laissé tous les problèmes du Stetriol. Mais je viens à toi avec de nouvelles solutions. Prends la terre que tu mérites. Équipe tes sujets de fer et d'acier... et de ceci.

Kovo ouvrit les doigts de son autre main et une fiole apparut dans sa grosse paume noire.

– Prends-la, dit-il, une lueur vive dans les yeux.

Feliandor avança. Il tendit lentement la main, impressionné de se trouver si près de ce colosse. Les caractéristiques humaines de Kovo rendaient son inhumanité encore plus frappante. Il agissait comme un homme, parlait comme un homme... et pourtant c'était une tout autre créature. Il aurait pu écraser Fel avec sa main aussi facilement qu'il avait pulvérisé ces oisillons.

Pourtant la Bile valait le risque. Fel respira profondément et attrapa la fiole dans la main de la Bête Suprême. Le gorille sourit et ne referma le poing que lorsque le jeune roi eut fait trois pas en arrière, la fiole contre son cœur.

– La Bile... le lien qu'elle crée... Il me rendra plus fort ? Plus rapide ?

– Les qualités obtenues varient selon le lien. Mais chaque lien apporte des dons. Et toi...

Kovo ouvrit grand les bras.

– Tu n'as que l'embarras du choix.

Soudain la forêt s'anima. Les oiseaux descendirent des arbres pour voler au-dessus de Fel. Les rongeurs sortirent de leurs terriers et des bêtes de toutes les tailles surgirent des buissons afin de s'approcher de lui.

Il fallut un moment à Feliandor pour comprendre ce qui lui arrivait. Il avait l'impression d'avoir perdu le fil. Qu'était-il venu accomplir, déjà ?

Et voilà le problème : Feliandor n'avait pas le contrôle... Depuis bien longtemps déjà. La Bile lui permettrait de remettre enfin un peu d'ordre dans le chaos qu'il subissait.

Il but tout d'une traite, supportant bravement l'amertume.

Sa tête se mit à tourner, sa vision à se brouiller. Il aperçut une lumière... d'où venait-elle ? Disparue. Il se retrouva à genoux. Devant lui, un crocodile.

– Intéressant, commenta Kovo. Je savais que c'était possible, mais ce n'était jamais arrivé. Normalement, en buvant la Bile, il te revient de choisir un animal avec lequel t'associer. Pour la première fois, Majesté, tu as invoqué un véritable animal totem.

Fel sentit une migraine grossir dans sa tête. Il était comme envoûté par le crocodile.

– Tu veux dire qu'il serait venu à moi de toute façon ?

– Oui, répondit Kovo en montrant les crocs. Mais votre lien est différent avec la Bile. Grâce à elle, tu peux le contrôler. Ce sera toi qui donneras les ordres. Ton animal totem ne pourra que t'obéir.

– Mon animal totem, répéta Fel.

Le crocodile était d'une beauté renversante, tout en muscles avec des écailles irrégulières. Trois fois plus long que Fel n'était grand, il semblait sculpté dans du granit, le vert et le marron de sa peau virant

au gris étincelant. Il paraissait fort et âgé, sophistiqué mais sauvage, comme s'il l'attendait depuis toujours.

Des cris se mirent à résonner dans la jungle, et soudain la lumière qui filtrait dans la clairière s'obscurcit. Pourtant, la nuit ne devait pas tomber avant longtemps. Le brouillard qui flottait au-dessus du sol s'éloigna du corps immense du saurien, comme s'il craignait de le toucher. Mais Fel n'avait pas peur.

Il s'approcha et caressa les écailles de l'animal.

Il se sentait puissant. En plongeant son regard dans celui du crocodile, il eut l'impression de voir dans les profondeurs d'une nuit noire. L'animal ouvrit la gueule, révélant plusieurs rangées de dents acérées. Il siffla, mais Feliandor ne tressaillit pas.

Si selon Salen l'appétit était une malédiction chez un roi, que dire de celui d'une créature pourvue d'une telle mâchoire ? Ce crocodile avait l'air assez gros et assez affamé pour ne jamais être rassasié. Pour dévorer le monde entier.

Et à cet instant, le roi songea : *Le monde l'a bien cherché.*

– Lève-toi, Feliandor, dit Kovo une deuxième fois. Lève-toi, Roi Reptile.

Un craquement assourdissant retentit tout près d'eux, dans la forêt. Les animaux réunis s'éparpillèrent, affolés. Et soudain, les arbres se penchèrent et s'agitèrent, pareils à de l'herbe dans la brise.

Une deuxième Bête Suprême se matérialisa alors. Gerathon, le grand cobra. Son long corps s'étalait entre les arbres. Il soulevait son effrayante tête si haut qu'il dominait Kovo. Avec ses immenses yeux aux pupilles verticales et ses mouvements menaçants, il semblait sorti d'un cauchemar.

Fel aurait dû être terrorisé. Mais il ne ressentait aucune peur.

– Nous avons de grands projets pour toi, Feliandor, affirma le monstre.

Il darda sa langue fourchue comme pour goûter l'air.

– Les habitants du Stetriol vont adorer leur nouveau roi.

– Non, objecta Feliandor sombrement. Non, je ne crois pas qu'ils vont m'aimer.

Un sourire mauvais se dessina sur son visage.

– Mais ils apprendront à me craindre.

Jhi

Yin et Yu

C haque soir depuis des semaines, l'état de Yu se dégradait. Sa mystérieuse maladie avait commencé par un mal de gorge, mais la toux devenait de plus en plus forte et douloureuse. Au point que Yin ne parvenait pas à dormir, elle s'inquiétait trop pour son petit frère.

Dans sa modeste maison de trois pièces en bambou, brique d'argile et papier, Luan, un Spréo bicolore, partageait la vie de la famille. Yin avait invoqué l'oiseau l'été précédent. C'était un évènement rarissime dans son village : aucun enfant ne s'était lié à un animal totem depuis plus de deux ans.

Trop insouciant pour se préoccuper de la santé de Yu, Luan n'arrivait tout de même pas à trouver le sommeil. Chaque fois que Yin se tournait dans son lit, l'oiseau sentait les vibrations et bondissait de son perchoir. Ensuite, il agitait les plumes et lâchait un cri strident pareil au grincement des roues d'une charrette qui freine.

– Désolée, Luan, lança Yin à bout de patience. Je ne peux pas m'en empêcher !

Yin avait des sentiments ambivalents à l'égard de Luan. Les Spréos bicolores étaient sans doute les oiseaux qu'elle aimait le moins. Pourquoi n'avait-elle pas invoqué un faisan doré, à un corbeau ou même à un simple tisserin ? Un animal qu'elle aurait pu dresser ! Elle s'était liée à Luan, un passereau qui ne savait que se plaindre.

L'oiseau lâcha un autre cri terrible. Cette fois, parce que T'ien furetait dans la pièce. T'ien était un vieux binturong, un animal nocturne entre l'ours et le chat, qui se faufilait dans leur maison la nuit en quête de souris ou d'insectes à se mettre sous la dent. T'ien n'était pas officiellement un animal totem, même s'il aurait très bien pu l'être. Le père

de Yin s'occupait de lui depuis qu'il était bébé, bien avant la naissance de Yin et Yu.

Quand Luan gonfla ses plumes noir et blanc, T'ien leva à peine ses yeux marron. En pleine chasse, il reniflait le sol. Quand le binturong fila dans la chambre de Yu, Yin sortit de son lit. Elle n'avait pas le droit d'y entrer, alors T'ien non plus.

Elle attrapa le petit mammifère juste avant qu'il ne se glisse sous le lit de son frère. Yu l'appela au moment où, le binturong dans les bras, elle refermait la porte.

– Je t'ai réveillé ? demanda-t-elle.

Yu secoua la tête.

– Je n'arrive pas à dormir, répondit-il d'une voix faible. Tu veux bien me raconter une histoire ? demanda le petit garçon de cinq ans à sa grande sœur.

– Je ne connais que celle de la tempête, déclara Yin. Et tu l'as déjà entendue.

Quand son frère était tout petit, un violent orage s'était abattu sur le village. Toute la nuit, le vent avait balayé leur montagne et soufflé sur leur maison, si fort qu'ils avaient eu l'impression que le toit se

détachait, tuile après tuile. Afin de calmer Yu qui était terrorisé, Yin avait inventé une histoire de tempête.

S'il te plaît, insista Yu. J'ai peur.

– Il était une fois un orage, commença la jeune fille. Il a éclaté, puis est passé et personne n'a été blessé. Allez, bonne nuit.

– Non, raconte-la-moi vraiment.

– D'accord, coquin, accepta-t-elle, un sourire ensommeillé aux lèvres.

Elle reposa T'ien qui détala hors de la chambre.

– Par où veux-tu que je commence ?

– Dans la forêt, demanda Yu.

Mais avant qu'elle ne puisse commencer, Yu se mit à tousser. Au début, tout doucement, mais rapidement la quinte devint si forte que Yin dut donner un mouchoir à son petit frère afin d'en étouffer le bruit. Quand il écarta le tissu, il vit qu'il était taché de sang.

Yin poussa un cri en voyant la marque rouge. Leurs parents arrivèrent en trombe dans la chambre. Il leur suffit de regarder le mouchoir pour comprendre. Leur mère prit Yu dans ses bras et le serra contre sa poitrine.

– Que fais-tu ici, Yin ? gronda leur père. Tu veux tomber malade, toi aussi ?

Il entraîna la jeune fille hors de la pièce.

– Je veux aider...

– C'est impossible.

Ces mots la firent trembler de peur.

La famille décida d'emmener une nouvelle fois Yu chez la soigneuse du village dont la maison se situait juste un peu plus bas sur la montagne. S'ils partaient immédiatement, ils arriveraient à l'aube.

– Je viens avec vous, insista Yin.

Son père finit par accepter malgré ses hésitations. Il n'avait pas le temps de discuter.

Ensemble, ils marchèrent dans le noir, transportant Yu sur une charrette à bras en bois. Luan dormait tout contre le jeune garçon, à l'endroit où se serait assise Yin si elle avait eu le droit de monter à côté de son frère. Malgré la route cahoteuse, au petit matin, ils tapaient à la porte de la maison.

– Qui est-ce ? demanda une femme enveloppée d'un châle bleu.

Le vent fit voler ses cheveux blancs lorsqu'elle ouvrit la porte. Elle vit tout de suite le garçon malade.

— Rien de ce que tu nous as vendu n'a agi, lui lança le père de Yin. Son état empire de jour en jour !

La femme prit un air affligé. Elle examina l'enfant, les sourcils froncés, et poussa un profond soupir en levant les yeux vers les parents. Yin étudia le visage de la soigneuse, espérant y lire le signe que son frère irait bientôt mieux, mais elle n'y trouva que de la tristesse.

— Aucun remède n'est garanti. Les médicaments ne sont pas en cause, vous en avez conscience, j'espère.

— Nous le savons, assura la mère de Yin. Mais il ne nous reste pas beaucoup d'argent.

La soigneuse laissa entrer la famille de Yin. Excepté Luan.

— Les animaux ne sont pas autorisés à l'intérieur, je suis désolée.

L'oiseau piailla de mécontentement, mais sans qu'elle ait à le rappeler à sa forme passive, il apparut sur la peau de Yin, au-dessus de son poignet.

— Merci, murmura la femme.

Elle adressa un clin d'œil à Yin tout en remontant sa toge pour lui montrer un panda roux tatoué qui lui entourait la cheville.

– Je suis Kuan, dit-elle à Yin, qui avait fait le voyage pour la première fois. Et ma femelle panda s'appelle Tzu. Puis-je vous offrir une tasse de thé ? proposa-t-elle.

– *Du thé ?* répéta le père de Yin, hors de lui. Nous avons marché toute la nuit pour venir ici. Est-ce que vous pouvez guérir mon fils, oui ou non ?

Yin ne l'avait jamais vu si effrayé.

Kuan jeta un regard vers Yin, avant de poser les yeux sur ses parents.

– L'espoir est encore permis pour votre fils, déclara-t-elle. Et si nous discutions des options dans ma chambre de méditation ?

Quand Yin fit mine de suivre son père et sa mère, Kuan l'arrêta.

– Reste là, avec ton frère, ma chérie, lui dit-elle. Il a envie que sa courageuse grande sœur lui tienne compagnie, j'en suis sûre.

Yin demanda confirmation à ses parents, qui hochèrent tous les deux la tête.

La jeune fille savait bien que Kuan la laissait en dehors de la conversation pour lui cacher la vérité. Yin trouvait cela injuste de ne pas avoir le droit d'écouter. Elle voulait aider son frère autant qu'eux.

Les trois adultes passèrent de l'autre côté d'un rideau vert et murmurèrent si bas que Yin ne put distinguer leurs paroles.

Alors, elle se planta à côté de la charrette et contempla son frère endormi. Il semblait si fragile et décharné comparé au petit garçon plein de vie qu'elle avait connu. Se retenant de le réveiller, elle inspecta son tatouage. Luan se sentait-il aussi seul qu'elle ? Aussi impuissant ?

La jeune fille s'assura que personne n'était dans la pièce et rappela Luan à sa forme active. Aussitôt l'oiseau apparut dans les airs. Yin se fichait d'enfreindre la règle de Kuan, elle avait besoin de savoir si son frère guérirait.

Parfois, en jouant avec Luan, elle avait l'impression d'entendre mieux. Aussi espérait-elle cette fois que grâce à son oiseau, elle pourrait apprendre ce qui se disait derrière le rideau.

Luan prit un moment pour s'installer confortablement sur l'épaule de Yin.

– Il faut que je sache ce que la soigneuse raconte à mes parents. Tu peux m'aider ? lui demanda-t-elle alors tout bas.

Luan roucoula dans l'oreille de la jeune fille, qui ferma les yeux et fit de son mieux pour se concentrer. Mais elle avait si peur que ses mains tremblaient. Elle serra ses paumes l'une contre l'autre pour les immobiliser et, enfin, elle parvint à se détendre.

Soudain, elle crut percevoir les bruits d'une rafale au-dehors. Comme une tempête qui approchait. Pourtant, quand elle ouvrit les yeux, elle vit que ce n'était rien de plus qu'une légère brise. Cela fonctionnait, Luan parvenait à amplifier ses capacités auditives. Il fallait qu'elle se concentre.

La respiration régulière, les paupières closes, elle distingua bientôt les sons les plus discrets dans la pièce. Un moustique se posait sur une tasse de thé et Yin avait l'impression qu'un tas de bois était lâché sur une table. Elle ouvrit les yeux et entendit la voix de Kuan pratiquement comme si elle se trouvait à côté d'elle.

— Je ne peux rien vous garantir, dit la soigneuse sur un ton grave.

— Même à ce prix ?! s'offusqua la mère de Yin.

— C'est un traitement onéreux, mais efficace. C'est le meilleur dont je dispose, expliqua la vieille femme.

— Et c'est notre seule option ?

— Bien sûr que non. Il existe d'autres soigneurs. Bien plus puissants que moi.

— Mais nous n'avons plus le temps ! s'écria la mère de Yin. Le plus proche d'entre eux est à six jours de marche à travers les montagnes. N'est-ce pas ce que vous nous avez expliqué lors de notre dernière visite ?

— Ce n'est pas exactement vrai.

— Pardon ? s'indigna le père de Yin, furieux.

Yin perçut le tremblement dans sa voix.

— Je vous parlais en fait du soigneur *humain* le plus proche d'ici, précisa-t-elle. Seulement, une légende raconte qu'il existe un soigneur moins conventionnel... la Guérisseuse. Elle habite dans le Grand Labyrinthe de Bambou qui nous protège des invasions ennemies au sud. Elle s'appelle Jhi.

Ses pouvoirs sont immensément plus importants que les miens.

— Pourquoi ne pas nous l'avoir dit tout de suite ? interrogea le père de Yin.

— Parce que personne n'a vu la grande femelle panda depuis une douzaine d'années. Et se repérer dans le Grand Labyrinthe de Bambou est impossible. Je ne voudrais pas mettre en danger un autre membre de votre famille.

Yin savait de quoi parlait Kuan. Une des entrées du labyrinthe se situait à moins de deux kilomètres de chez elle. Ses parents l'avaient souvent mise en garde contre toute tentation de s'y aventurer. On racontait que le dédale était hanté, mais Yin n'y croyait pas. En revanche, elle savait que faute d'avoir trouvé la sortie, beaucoup de gens y avaient péri, de faim et de soif, et que leurs corps avaient été dévorés par les rats et les vers. Ou par le Grand Labyrinthe de Bambou lui-même.

Le père de Yin cachait une carte de cet endroit quelque part dans la maison. Autrefois, leur famille possédait des documents confidentiels de cette importance. Si l'armée du Zhong venait à apprendre qu'ils détenaient toujours ce plan, elle ne les autoriserait sûrement pas à le conserver.

— Dites-nous en plus sur la Guérisseuse, demanda la mère de Yin.

La jeune fille écouta le plus attentivement possible, mais soudain, elle aperçut un éclair rouge qui la perturba.

Elle leva la tête. Le rideau remua légèrement. Une créature bondit sur l'étagère derrière Yin, pour venir se poser sur la charrette. C'était Tzu, le panda roux de Kuan. Sa queue rayée caressa la jambe et le bras de Yu, puis il bâilla à s'en décrocher la mâchoire avant de s'endormir en boule à côté de la tête de l'enfant.

— Fais quelque chose ! lui ordonna Yin.

Si Kuan était une soigneuse, son animal totem l'était peut-être aussi.

— Guéris mon frère.

Tzu entrouvrit un œil, dévisagea Yin et se rendormit aussitôt.

Yin se retint de hurler. Et ce fut Luan qui poussa son affreux cri en s'envolant. On aurait dit qu'il protestait pour son humaine. Le père de Yin se rua

alors dans la pièce. Yin et Tzu sursautèrent. Luan, paniqué, agita furieusement ses ailes, et le père de Yin dut se baisser pour l'éviter.

– Pourquoi as-tu toujours besoin de désobéir ? la gronda-t-il.

Kuan ouvrit la porte d'entrée et attendit que Luan sorte.

La soigneuse réveilla Yu. Il tenta en vain de s'asseoir. Il avait les yeux rouges et les paupières couvertes de croûtes. Kuan posa une main sur la poitrine du garçon quand il se mit à tousser. Il serrait les dents entre chaque quinte, la douleur était visiblement insupportable. À bout de force, il se rallongea, les cheveux plaqués sur son front humide de sueur.

– Vous avez donc pris votre décision, n'est-ce pas ? demanda la soigneuse aux parents de Yin.

Ils hochèrent tous les deux la tête, ravagés par le chagrin.

Les parents de Yin n'ouvrirent la bouche qu'une fois à bonne distance de la maison de Kuan.

– Que va-t-on faire ? demanda la mère de Yin, qui avançait d'un pas lourd.

– Il n'y a pas de solution, répondit son père en évitant le regard de Yin.

– Mais, et le remède ? intervint Yin, se souvenant du traitement dont la soigneuse avait parlé.

– Trop cher, répondit sa mère.

– Et de toute façon, rien ne garantit qu'il agira, ajouta son père.

– Mais il faut essayer ! protesta Yin.

– On ne peut pas se le permettre. On risquerait de perdre la ferme. On perdrait tout, répondit son père d'une voix faible, évitant toujours de la regarder.

Elle vit sa lèvre inférieure trembler.

– Et l'épée des Tang ? suggéra Yin, mais ni sa mère ni son père ne lui répondirent.

L'ancienne épée était ce qu'ils possédaient de plus précieux. En réalité, c'était même un trésor inestimable.

Elle appartenait aux Tang depuis des milliers d'années, c'était pour eux un symbole de fierté et de puissance. Même si la famille de Yin était pauvre, du sang noble coulait dans leurs veines. Son père avait toujours vu cette épée comme le signe que sa lignée allait de nouveau prospérer. Une légende

racontait qu'un grand destin était lié à cette arme,
et qu'un jour, elle sauverait leur famille.

– C'est peut-être là le destin de notre épée !
insista Yin, suppliante.

Son père secoua la tête.

– Hors de question.

– Mais, père ! Comment en es-tu si sûr ?

– L'épée des Tang est ce qui me confère mon
titre, expliqua-t-il. C'est ce qui assure ton avenir.
C'est grâce à elle que tu auras un mari bien né et
qu'on s'occupera bien de toi une fois que tu auras
quitté la maison. L'épée des Tang est précieuse,
l'heure n'est pas venue d'en découvrir la vraie
valeur.

– Je ne veux pas de mari ! Je veux garder mon
frère ! hurla Yin.

Elle s'était retenue de craquer toute la journée.
Yin et Yu, c'étaient eux l'avenir de la famille. Par
conséquent, l'épée leur revenait naturellement.

– Quand tu seras plus grande, tu comprendras,
conclut la mère de Yin.

Elle posa une main sur le dos de Yu pour le cares-
ser tendrement.

— Je comprends tout, je comprends bien plus que vous. Mais moi, tout ce que je veux, c'est que mon petit frère se rétablisse maintenant, répliqua Yin, les larmes aux yeux.

Sa mère l'attira contre elle et, à la grande surprise de sa fille, elle se mit à pleurer. Ses sanglots lui semblèrent aussi douloureux que les quintes de Yu.

Le voyage de retour vers le sommet de la montagne fut beaucoup plus éprouvant que l'aller, même à la lumière du jour. Yin espérait qu'en marchant, ses parents se rendraient compte de leur erreur et changeraient d'avis au sujet du traitement.

Pourtant, ce soir-là, quand ils arrivèrent chez eux, le père de Yin envoya sa fille se coucher avec assez d'autorité pour lui faire passer l'envie de discuter. Il avait pris sa décision, c'était évident.

Ils allaient laisser son petit frère mourir.

Cette nuit-là, Yin attendit avec Luan que ses parents se couchent, et ils patientèrent encore jusqu'à ce que T'ien sorte chasser des souris. Une fois que le silence eut envahi la maison, Yin se leva de son lit, Luan en équilibre sur son épaule.

Elle se faufila dans la chambre de ses parents, avançant au rythme des ronflements de son père. Elle contourna le lit tout doucement. Au milieu de la table basse, elle trouva ce qu'elle cherchait, enveloppé respectueusement dans plusieurs couches de soie.

Après un coup d'œil vers le lit, elle s'empara de l'objet et ressortit en courant sans oser regarder derrière elle. Chacun de ses pas lui semblait tonitruant. Au moment où elle allait franchir le seuil, son père remua et poussa un grognement de surprise. Yin se figea.

Elle s'était fait prendre !

Heureusement, son père ne fit que bredouiller quelques mots incompréhensibles dans son sommeil et se tourna de l'autre côté.

Elle s'éloigna sans demander son reste, l'épée des Tang dans les mains.

– Tu penses qu'on fait ce qu'il faut ? demanda-t-elle à Luan quand ils furent dehors.

Le petit oiseau se contenta d'agiter ses ailes noir et blanc et s'envola pour se poser sur le manche de l'épée dont la lame brillait dans le clair de lune.

– Tu te souviens du chemin ? demanda Yin
à Luan.

Son animal totem la guida sur la route de montagne. Il faisait trop sombre pour y voir clair, et Yin
n'avait pas pensé à prendre une torche. L'épée pesait
lourd dans ses bras. Elle peinait sous son poids et
s'efforçait de ne pas trébucher sur les rochers.

À mesure qu'elle marchait, la jeune fille perdit
la notion du temps. Elle n'avait pas l'intention de
s'arrêter, à moins d'en être contrainte par la fatigue.
Ce qui finit par arriver. Elle resta assise sur le bord
de la route, l'oreille tendue vers les bruits de la forêt.

– Est-ce qu'il t'arrive de regretter d'être avec
moi ? demanda-t-elle à l'oiseau. Aurais-tu préféré
être lié à une autre fille, avec une meilleure vie ?

Elle ne s'attendait pas à une réponse, et pourtant, Luan ouvrit son bec et une jolie mélodie
s'en échappa. Yin ne connaissait que ses cris, ses
lamentations et les sons affreux qu'il produisait
habituellement pour attirer son attention. Elle ne
l'avait jamais entendu chanter si magnifiquement.
Ce chant fit naître l'espoir dans son cœur. Et Yin eut
la conviction qu'elle agissait pour le mieux.

Elle se leva et se remit en marche. Elle ferait preuve de courage, même si ses parents avaient renoncé.

Quand enfin elle arriva au village de la soigneuse, il restait plusieurs heures avant le lever du soleil. Yin savait qu'elle prenait des risques à voyager seule en pleine nuit. Elle avait l'épée, mais elle n'avait ni la force ni l'entraînement nécessaires pour la manier. N'importe qui pourrait la lui voler sans difficulté. Elle devait se montrer prudente.

Luan partit bravement en éclaireur. À chaque pas, Yin craignait de tomber dans un piège. Elle avait l'impression d'entendre des voix d'hommes et de femmes tapis dans l'ombre, prêts à bondir sur elle. Elle regardait constamment derrière son épaule. Personne. Et pourtant, elle avait la sensation d'être poursuivie.

Luan revint vers elle au moment où il se mit à pleuvoir à verse. Des flots de boue se déversèrent dans les rues et la robe de Yin se retrouva rapidement trempée et sale.

Ses parents allaient tout de suite remarquer qu'elle était sortie, mais il était trop tard pour

rebrousser chemin. Elle devait mener à bien son projet.

Avant de frapper à la porte de Kuan, Yin demanda à Luan de retourner dormir sur sa peau. Après un piaillement d'indignation, le petit oiseau se posa sur le bras tendu de son humaine. Mais au lieu d'obéir, il lui picora la peau.

– Aïe, ça fait mal ! le gronda Yin.

Luan protesta encore, mais finit par disparaître dans un éclair.

La vieille femme ouvrit alors la porte. Elle semblait s'être attendue à la visite de Yin. Dans sa main, elle tenait une grande bougie allumée.

– Tu es vraiment très courageuse, dit-elle à la jeune fille.

– Je suis venue acheter le remède pour Yu, annonça celle-ci à la soigneuse tout en lui montrant l'épée des Tang.

Lorsque Kuan se pencha, l'arme mouillée se mit à luire.

– Mon enfant, cette épée est bien trop précieuse. Je ne peux l'accepter.

– Mais il le faut! supplia Yin. C'est tout ce que j'ai.

– Ton père ne t'a certainement pas autorisée à la vendre.

– Elle est à moi, cette épée. C'est à moi de décider.

Kuan la dévisagea un long moment de son regard perçant. Yin avait entendu dire que la soigneuse était capable de lire dans les pensées. Mais la jeune fille ne détourna pas les yeux.

– Je vais te vendre mon remède le plus puissant, dit enfin Kuan. Et je prendrai ton épée pour le payer. Je la garderai pour toi. Peut-être qu'un jour, tu viendras la récupérer. Je te la rendrai alors pour un prix raisonnable.

– Vous êtes une femme d'honneur, répondit Yin en la remerciant.

Tzu grimpa sur le bras de la soigneuse pour se percher tel un singe sur son épaule, sa queue rayée s'enroulant autour du cou de la vieille dame.

– Ce n'est rien comparé à ton courage, dit-elle.

Puis elle tendit à Yin une petite fiole remplie d'un liquide sombre plus épais que du sang.

– Merci, lâcha Yin en l'enlaçant.

– Ce remède peut se révéler efficace, mais ne t'attends pas à un miracle, précisa la soigneuse en fronçant les sourcils. Soit sa fièvre tombera au petit matin, soit elle ne tombera plus.

Yin préféra penser à la possibilité d'un miracle. Elle se dépêcha de repartir pour retrouver son frère avant le lever du soleil.

– Répète bien à tes parents tout ce que je t'ai dit, cria la soigneuse dans son dos. Aussi longtemps que je vivrai, l'épée des Tang t'attendra ici.

La fiole fermement emprisonnée dans son poing, Yin sortit du village en courant sous la pluie et remonta la route de montagne. Elle n'avait plus peur de rien. Elle avait l'impression de voler, aussi légère que son animal totem. Elle aurait même chanté si elle n'avait pas eu besoin de garder tout son souffle pour retourner chez elle au plus vite.

Yin arriva complètement trempée, la fiole toute chaude dans sa paume. Les cheveux encore dégoulinants de pluie, elle se précipita dans la chambre de son frère et le réveilla.

— Bois ça, lui dit-elle après avoir retiré le bouchon et approché le médicament des lèvres de Yu. Au matin, tu iras mieux.

— Ça sent mauvais, protesta le petit garçon, mais il but tout de même le liquide visqueux d'une seule traite.

Il toussa et posa une main sur sa poitrine, comme s'il éprouvait une nouvelle sensation. Yin sourit, espérant que la potion faisait effet.

— Rendors-toi, maintenant, lui souffla-t-elle.

Il embrassa la joue froide de sa sœur, se rallongea et ferma les yeux, un sourire aux lèvres malgré sa difficulté à respirer.

Yin l'observa un long moment avant de retirer ses vêtements mouillés et de se glisser dans son lit chaud et sec. Elle hésita à rappeler Luan pour lui dire bonne nuit et le remercier d'être si courageux, mais elle s'endormit aussitôt sa tête posée sur l'oreiller.

Le lendemain matin, Yin fut réveillée par les vociférations de T'ien. Il poussait les mêmes cris stridents que lorsqu'il avait faim, mais elle remarqua vite ce qui le perturbait.

Son père ratissait la maison de fond en comble, à la recherche de l'épée des Tang. Yin entendit des tasses tomber des placards pour se briser par terre.

– *Où est-elle ?* hurlait l'homme, furieux.

La jeune fille sauta de son lit pour aller voir son frère. Kuan lui avait dit que si le médicament agissait comme prévu, au matin, Yu n'aurait plus de fièvre. Le soleil était levé et cela faisait des heures qu'il n'avait plus toussé.

– Comment vas-tu ? demanda Yin en l'examinant.

Yu leva sur elle des yeux troubles.

Il secoua la tête et fronça les sourcils avant de mettre une main sur sa gorge. Il ouvrit la bouche et remua les lèvres pour parler, mais aucun son n'en sortit.

– Tu n'as plus de voix ?

Son frère hocha la tête. Elle mit la main sur son front.

Il était brûlant ! Sa fièvre avait augmenté !

– C'est impossible. Pourquoi ça n'agit pas ? s'affola Yin.

Et pourtant, la soigneuse l'avait mise en garde. Elle ne lui avait rien garanti.

Yin se couvrit le visage et pleura tout bas pour éviter que ses parents l'entendent. Elle voulait se cacher, s'enfuir. Non seulement Yu était en train de mourir, mais en plus, elle avait perdu l'épée des Tang pour rien. Elle avait empiré une situation déjà catastrophique. Comment l'expliquer à ses parents ? Comment leur avouer qu'elle leur avait désobéi ? Il aurait mieux valu qu'elle meure ici avec son frère.

Yu observait Yin et elle sentit qu'il voulait lui parler.

– Qu'est-ce qu'il y a ? l'interrogea-t-elle.

Il serra les mains en signe de prière. Et soudain, il les écarta comme on ouvre un livre.

– Tu veux que je te raconte une histoire ? demanda Yin, et son petit frère fit oui de la tête.

– J'ai couru toute la nuit sous la pluie. Je n'en ai pas la force, je suis désolée.

Mais Yu avait l'air si triste. Cela devait être terrible de ne pouvoir sortir de son lit, alors que la fin était si proche. Elle se représenta le visage souriant de son petit frère sous la pluie, heureux de vivre et de profiter de chaque sensation.

– J'ai entendu une nouvelle histoire, annonça-t-elle, et le visage de Yu s'illumina. Au sujet d'une grande guérisseuse appelée Jhi. C'est une femelle panda géante. Elle habite dans un labyrinthe entièrement fait de bambou.

Yu sourit pour la première fois depuis des semaines.

Yin entendit son père l'appeler. Elle ne se sentait pas prête à l'affronter. Peut-être ne le serait-elle jamais. Pas jusqu'à ce que Yu aille mieux.

Et soudain, une idée lui traversa l'esprit.

– Tu veux venir avec moi dans le labyrinthe ? demanda-t-elle à son frère. On va rencontrer Jhi. On va lui demander de te guérir.

L'enfant hocha la tête et tenta de s'asseoir, mais il était trop faible. Yin devrait le porter. Elle noua un pan de sa robe sur son épaule pour se confectionner une écharpe. Elle y plaça délicatement son petit frère, tout près de son cœur. Elle vérifia que la voie était libre et fut soulagée de constater que son père était dehors. Alors elle se dirigea sur la pointe des pieds vers le salon et retrouva rapidement l'ancienne carte du Grand Labyrinthe de Bambou.

Malgré les cris de son père qui l'appelait depuis les champs, elle continua à courir sans s'arrêter.

Yu était bouillant. Il respira l'air frais et se mit aussitôt à tousser.

– Jhi sera si heureuse de te rencontrer, lui assura Yin, espérant ne pas se tromper.

Le labyrinthe était fascinant. Des tiges deux fois plus hautes que la maison de Yin s'élevaient vers le ciel, projetant dans un bruissement léger des ombres folles. Dès que la fillette s'y engouffra, les sons du dehors furent étouffés par l'épaisse végétation.

Tout en cheminant, Yin racontait à son frère ce qu'elle avait entendu à propos des pouvoirs de Jhi et du Grand Labyrinthe de Bambou.

Elle portait Yu depuis un moment déjà et ses jambes la torturaient. Elle s'arrêta à un croisement pour consulter sa carte. Dès qu'elle invoqua Luan, l'oiseau jaillit de sa peau, et se mit à sautiller en poussant ses cris affreux sur l'allée en terre entourée de bambous.

– On devrait être ici, remarqua Yin sans s'occuper de lui, l'index posé sur le document.

Des fils verts cousus en croix sur le parchemin indiquaient l'emplacement des parois et Yin avait fait bien attention de repérer précisément où elles se trouvaient dans le dédale.

L'étourneau s'envola pour scruter les environs depuis le ciel. Quand il se posa à nouveau, il semblait encore plus agité. Il bondit rageusement sur le bord de la carte qu'il picora pour en arracher de petits bouts. Puis il tira sur les fils verts pour les dénouer.

– Tu l'abîmes ! hurla Yin, chassant l'oiseau d'un geste de la main. Tu es fâché parce que j'ai trop tardé à te rappeler ?

Luan avait tiré toute une ligne de X verts.

– Nous sommes ici. J'en suis sûre, déclara Yin, et l'oiseau acquiesça. Je n'ai pas besoin de ton approbation. Tu es tellement agaçant !

Yin tournait le dos à une haie en bambou qui, selon le plan, était très fine. Tenter de la contourner était manifestement une mauvaise idée. Après deux kilomètres, elle devrait refaire la même distance dans le sens inverse.

— Penses-tu que je suis assez menue, même avec Yu dans l'écharpe, pour couper en passant à travers les branches ? demanda-t-elle à Luan.

Si elle y parvenait, ce serait un précieux raccourci. L'étourneau ne répondit pas, mais elle décida d'essayer quand même.

Yin inspecta la cloison végétale devant elle. Même si elles étaient toutes plus grosses que ses bras, les tiges se pliaient quand elle les écartait. Elle les poussa assez fort pour créer un espace sans qu'elles se cassent. Au contraire, le bambou tordu sous son poids lui donnait l'impulsion pour avancer.

Soudain, la jeune fille entendit un puissant craquement, comme si toutes les tiges autour d'elle se brisaient en même temps. Elle protégea son petit frère des bâtons qui leur pleuvaient dessus.

Une fois le calme revenu, elle regarda le trou qu'elle avait creusé et repéra sur le sol un piège aux dents en acier. C'était sûrement ça qu'elle avait déclenché. Et si elle n'avait pas fait un pas en arrière, elle aurait mis le pied droit en plein dedans.

— Impossible de passer par là, conclut-elle.

Elle regarda son frère qui dormait profondément malgré le bruit. L'espace d'un instant, elle crut voir des couleurs sur ses joues. Non, ce n'était que le soleil couchant et ses reflets roses de fin de journée.

Yin voulait avancer le plus possible avant la tombée de la nuit. Elle accéléra, portant son frère sur plus d'un kilomètre encore pour arriver devant une ouverture dans la haie. Elle ressortit sa carte et, en la regardant de plus près, fut surprise de constater que l'oiseau avait agi volontairement en retirant les fils.

– Luan ! s'exclama-t-elle, comprenant enfin ce qu'il avait fait. Tu l'as réparée ! La carte n'était pas conforme et tu l'as réparée !

Elle tourna la tête vers l'endroit où Luan avait retiré le fil et elle vit des racines arrachées là où auraient dû se trouver les parois du labyrinthe.

– Y a-t-il d'autres erreurs ?

Luan s'éleva dans l'air. Quand il se posa à nouveau, il examina les coutures. Après une longue réflexion, il tira sur un autre fil. Il continua ensuite sur d'autres. Yin se demanda de nouveau si elle pouvait lui faire confiance. S'il avait raison, la carte ne lui servait à rien. Elle était sans doute trop ancienne.

Les derniers rayons de lumière disparaissaient. Bientôt, Yin ne pourrait plus du tout lire les indications. Elle s'assit dans le noir, abattue.

Même si elle ne distinguait plus les traits de crayon, elle sentait toujours sous ses doigts les croix et les coutures.

Le labyrinthe évolue à mesure que j'avance, se dit-elle. *Sinon, pourquoi la carte se tromperait-elle autant ?*

Elle se représenta des ouvriers modifiant les parois du dédale, déplaçant les tiges les unes après les autres. Cela lui sembla une tâche impossible. Chaque ouverture dans les bambous était plus grande qu'une maison. Cela demanderait bien trop de main-d'œuvre.

Yin leva les yeux vers le ciel de nuit. Elle ne vit pas la lune, mais un plafond infini d'étoiles scintillait dans le firmament tels des cailloux argentés dans un lac. En entendant un frémissement dans les feuilles, elle se rappela que, selon les rumeurs, le labyrinthe était hanté. Les yeux fermés, elle écouta attentivement. Le vent lui donnait l'impression d'être entourée de gens, partout dans le dédale. Elle espérait que ce ne fût que le vent.

Soudain, elle sentit un mouvement à côté d'elle, qui ne venait ni de Luan ni de son frère. Quelque chose s'approchait d'elle, dans l'ombre. Les poils de la jeune fille se hérissèrent sur ses bras. Elle demanda à Luan de l'aider à mieux distinguer les sons.

Elle perçut de tout petits bruits de pas. Et de grignotages... Elle était cernée par des rats, nichés dans les bambous. Les rongeurs se faufilaient dans les galeries obscures pour dévorer tout ce qu'ils trouvaient.

Yu laissa échapper un gémissement douloureux et Yin s'aperçut qu'une de ces sales bêtes s'était glissée dans l'écharpe. Luan poussa un cri strident qui la chassa aussitôt. Inquiète, Yin attira son petit frère tout contre elle. Il était toujours aussi brûlant de fièvre.

Toutes les nuits depuis qu'il était tombé malade, son état n'avait fait qu'empirer. Il n'y avait pas de raison pour que cela change ici. Elle supplia en silence les étoiles de la guider. Elle avait souvent prié, mais jamais autant qu'à cet instant. Son regard

resta rivé sur la Voie lactée, Luan blotti contre elle, jusqu'à ce qu'elle n'ait plus l'impression de parler à des étoiles, mais à deux yeux brillants prêts à exaucer ses vœux.

Épuisée par le voyage, Yin se laissa apaiser par le bruissement des bambous et le visage aux multiples grands yeux argentés étincelant dans le ciel de nuit. Le calme l'envahit.

Dans un demi-sommeil, elle comprit pourquoi le labyrinthe changeait.

Elle s'imagina un panda géant, aussi volumineux qu'une maison. Elle se le représenta errant entre les passages ou assis dans l'ombre. Il ne faudrait pas beaucoup de temps à un animal de cette taille pour créer une ouverture dans les murs végétaux en mangeant les bambous. Ce devait être pour cela que la carte était erronée.

Jhi était là.

Yin adressa un sourire complice à Luan. Si elle parvenait à suivre ce que le panda avait dévoré, alors elle le retrouverait. Et peut-être que Jhi sauverait son frère.

Le lendemain matin, l'état de Yu s'était encore aggravé, exactement comme l'avait redouté Yin. Il ne survivrait pas à une autre nuit. Il fallait qu'elle trouve Jhi avant la fin du jour. C'était une question de vie ou de mort.

Luan survola le périmètre. À son retour, il sautilla sur les bords de la carte que Yin avait lissée. Puis il examina consciencieusement le tissu. Et soudain, il battit des ailes, excité.

– Qu'as-tu vu ? demanda Yin.

Luan picora le parchemin et arracha un nouveau fil.

– Ces bambous étaient là, hier…, commenta la jeune fille, et l'oiseau hocha sa petite tête.

Il s'envola pour la guider.

Yin souleva son frère. Il grogna, mais elle n'aurait su dire s'il dormait ou s'il était réveillé. Il avait les paupières mi-closes et respirait avec difficulté.

– Tout ira bien, lui promit-elle.

Elle se dépêcha de suivre Luan aussi vite qu'elle le pouvait avec son frère malade dans les bras.

Elle gardait la carte à portée de main, la consultant régulièrement pour essayer de comprendre où Luan les menait. Rapidement, ils arrivèrent à un croisement. Elle regarda le plan. Trois passages différents s'ouvraient devant elle. Elle constata qu'au bout de l'un d'eux, Jhi avait creusé une ouverture.

Yin se mit en marche sans attendre, mais un bruit l'arrêta dans son élan.

Des voix. Et des cliquetis, comme si quelqu'un ouvrait et refermait la serrure d'un coffre. Yin tendit de nouveau l'oreille. Trois ou quatre hommes s'affairaient dans une des galeries.

Yin leva les yeux. Les feuilles remuaient, mais ce n'était pas le vent qui les agitait. Une tige bougeait en particulier. Et soudain, après un craquement, les hommes poussèrent un soupir de soulagement, comme s'ils venaient de terminer une tâche très compliquée. Ou dangereuse.

La jeune fille étudia de nouveau le plan. Elle remarqua que les murs de bambou devenaient de plus en plus minces à l'endroit où ils formaient un carrefour. Les voix provenaient de l'autre côté de la paroi. Que faisaient là ces intrus ?

Yin s'approcha des bambous pour écouter. Luan vint l'aider.

– Jhi est passée par là, déclara l'un des hommes. Regarde, elle a mangé ici.

– Qu'est-ce que tu en sais? demanda un autre.

– Si elle s'arrête de nouveau au même endroit, elle aura une surprise, menaça un troisième dont la voix semblait plus jeune.

À l'entendre, il devait être à peine plus âgé que Yin.

Elle se souvint du piège qu'elle avait évité de justesse dans le labyrinthe, bien caché dans les bambous. Il avait peut-être été placé là par ces hommes. Mais pourquoi? Dans le but de capturer Jhi?

Ils semblaient investir le Grand Labyrinthe de Bambou comme s'il leur appartenait à eux et pas à la Bête Suprême. Que lui voulaient-ils?

Yin savait à présent qu'elle devait retrouver Jhi avant eux. S'ils l'attrapaient, tout espoir de guérir Yu disparaîtrait.

Soudain son frère toussa.

Yin lui chuchota de se taire. Elle tâta son front trempé de sueur. Ses lèvres étaient sèches et gercées.

Il toussa plus fort encore. Yin eut peur que ses quintes alertent le groupe.

Elle écouta et entendit l'un des hommes s'écrier :

– Il y a quelqu'un dans le labyrinthe, il faut l'arrêter !

Le groupe courait déjà vers Yin. Un coup d'œil à la carte lui indiqua les nombreux dédales de leur côté de la paroi. Ils mettraient un moment pour l'atteindre, mais elle devait tout de même se presser.

Elle courut jusqu'au croisement aussi vite qu'elle put, son frère toussant péniblement contre sa poitrine. Au bout du passage, le soleil l'aveugla. Luan s'envola directement vers le sentier que Jhi avait creusé, mais Yin ne vit pas par où il était parti.

Elle sentit qu'on l'épiait.

Elle se tourna et un sanglier noir apparut dans la lumière. Sans la quitter du regard, il avança vers elle à pas lourds. Yin recula, affolée devant les défenses pointues et les yeux furibonds.

Soudain, un grognement fit trembler la terre. Le sang de Yin se glaça dans ses veines. Elle fit volte-face et vit alors la longue mâchoire ouverte d'un alligator derrière elle.

Séparément, les deux bêtes étaient spectaculaires et effrayantes. Réunies, elles semblaient sortir d'un cauchemar. Yin se demanda si elle ne dormait pas. Et elle se dit que rencontrer ces deux prédateurs dans le labyrinthe ne pouvait être une coïncidence.

Les hommes qu'elle avait entendus sortirent alors des bambous. Ils n'étaient pas des ouvriers comme l'avait imaginé Yin, mais des guerriers. Pour quelle armée combattaient-ils ? Yin ne reconnut pas leurs uniformes. Ce n'étaient pas des militaires du Zhong. Alors qui étaient-ils ?

Le sanglier noir se dirigea vers un homme qui portait une cape grise. L'alligator agita sa queue avant de se cacher derrière un grand roux au teint pâle. Tous dévisagèrent Yin comme s'ils ne savaient pas quoi faire d'elle.

– Ne bouge pas, lui ordonna le roux.

La jeune fille se figea. Elle chercha Luan des yeux. Où était-il quand elle avait le plus besoin de lui ? Sûrement en train de la regarder perché dans les feuillages.

Deux autres hommes arrivèrent, avec un jeune garçon.

– Qui est-ce ? demanda ce dernier.

Yin reconnut sa voix. Lui aussi avait un animal totem : un dhole brun-roux, aussi féroce que les chiens sauvages qu'elle avait vus dans les montagnes. Il grogna et montra les crocs en la voyant.

– Attrapez-la, lança l'un des guerriers.

Yin détala. Du coin de l'œil, elle vit Luan battre ses ailes blanc et noir. Elle se précipita vers le sentier qu'il lui indiquait.

La jeune fille n'avait jamais couru aussi vite de toute sa vie, malgré le poids de son frère et ses pas incertains sur la piste irrégulière. Au bout d'un moment, elle se tourna. Personne ne la suivait.

Les bambous autour d'elle n'avaient plus le même aspect. Ils étaient plus vieux, plus sombres. Des toiles d'araignée s'étalaient à leurs bases dans l'obscurité.

– Luan, murmura Yin, à bout de force. Ne me sème pas.

L'étourneau revint subitement vers elle. Elle remarqua sa nervosité. Les bambous qui constituaient le labyrinthe semblaient malades, les feuilles et les tiges étaient recouvertes de mousse grise.

Impossible que Jhi se nourrisse de plantes dans cet état. Yin consulta alors la carte. Luan remonta dans l'air pour vérifier leur position. Ils avançaient bien dans la bonne direction. L'oiseau redescendit pour s'empresser de retirer une autre croix sur la carte. Jhi avait beaucoup mangé dans la matinée.

– Qu'est-ce que je ferais sans toi ? lâcha la jeune fille à son animal totem.

Il gonfla ses plumes et chantonna fièrement, avant de repartir vers le ciel.

Et tout à coup, une ombre surgit des bambous et plaqua l'oiseau contre le sol. Yin hurla. Une tarentule plus grosse que la tête de la jeune fille avait neutralisé son étourneau. Yin ne comprenait pas pourquoi l'araignée n'avait pas encore mordu Luan. Qu'est-ce qu'elle attendait ?

Une femme âgée, vêtue du même uniforme que les autres guerriers, sortit alors de l'ombre. Son large sourire révéla des chicots noirs et pourris.

Yin recula. La femme attrapa Luan dans ses deux mains et l'araignée grimpa sur son bras pour aller se nicher dans ses cheveux qu'elle ébouriffa de ses huit pattes.

– Rends-le-moi ! réclama Yin.

– Les enfants n'ont rien à faire dans le Grand Labyrinthe de Bambou, répliqua la femme en regardant Yu endormi dans l'écharpe.

Yin n'avait pratiquement plus la force de le porter. Elle était tellement fatiguée. Trop fatiguée pour courir. Pourtant, elle se redressa afin de parler sans défaillir.

– Je dois trouver Jhi, la Guérisseuse, expliqua-t-elle. Mon frère est malade.

– Je vois ça, rétorqua la femme sans effacer son sourire.

Elle regarda par-dessus son épaule puis derrière Yin avant de continuer :

– Je veux t'aider. Viens avec moi, proposa-t-elle.

Yin en resta sans voix. Elle ne comprenait rien.

La femme lui tendit Luan, mais quand Yin voulut le reprendre, elle lui attrapa le poignet, à l'endroit où s'affichait le tatouage de l'oiseau dans sa forme passive. Elle traîna la jeune fille sur le sentier, vers le croisement où les attendaient les hommes et leurs animaux.

– Qui êtes-vous ? demanda Yin en pleurs. Pourquoi faites-vous ça ?

– Je vais t'aider, répéta la femme. Et toi aussi, tu vas nous aider.

Elle lui arracha l'écharpe. Yin poussa un cri de protestation, mais la vieille femme était plus forte qu'elle n'en avait l'air. Elle s'empara du petit garçon et traîna Yin derrière elle.

Ils arrivèrent enfin à un campement minable où les accueillirent d'autres guerriers. La plupart attendaient les ordres, assis sur le sol. L'un d'eux appela la vieille par son nom : Nao. Étrangement, ils avaient tous des animaux totems, pourtant tout le monde savait que les Marqués étaient une minorité.

Nao poussa Yin en avant et elle tomba face contre terre.

– Mettez-la au travail, lança-t-elle à ses hommes. On a d'autres pièges à poser. Je veux le talisman de ce lourdaud de panda avant l'invasion.

– Qu'allez-vous faire de Jhi une fois que vous l'aurez capturée ? demanda Yin en s'essuyant le visage.

Personne ne lui répondit, mais un des soldats jeta sur elle un uniforme qu'il lui demanda d'enfiler.

– Si on la trouve, est-ce que je pourrai juste lui demander quelque chose ? s'obstina Yin alors que la femme s'éloignait. *S'il vous plaît*, supplia-t-elle.

Nao ne se retourna même pas.

Yin fut contrainte de poser des pièges dans le labyrinthe pendant le reste de l'après-midi. C'étaient des mâchoires en métal qui se refermaient dès qu'on les enclenchait. Comme Yin avait des bras longs et fins, la vieille dame l'avait désignée pour manipuler le mécanisme. C'était le travail le plus dangereux, la jeune fille en avait conscience.

Elle se rappela le visage de Kuan quand elle lui avait dit qu'elle était courageuse. Pourtant, plus elle travaillait, moins elle se sentait à la hauteur. La journée laissa place à la soirée et à un ciel gris de crépuscule.

Yin n'avait plus aucun espoir pour son frère. Elle était persuadée qu'il ne tiendrait pas une nuit de plus sans les soins de Jhi. Il faisait à présent presque noir et elle n'était pas près de trouver le panda.

Nao fit installer à Yin un dernier piège avant la tombée de la nuit. La main de la jeune fille tremblait de façon incontrôlable quand elle tenta de glisser la gâchette entre les dents métalliques. Elle se demanda si ces engins mortels pourraient blesser le panda. Qu'arriverait-il à son frère si Jhi était tuée ? Ou si elle-même périssait ?

Une fois leur travail terminé, les soldats disparurent dans leurs tentes. Ils n'en attribuèrent pas à Yin, mais tout ce qu'elle voulait c'était rester auprès de son frère. Nao lui rendit Luan avant de partir se reposer. Elle lui jeta sans ménagement l'oiseau terrorisé et lui apporta également une gourde à moitié remplie. À peine assez pour les deux enfants, mais la jeune fille la fit entièrement boire à Yu même s'il avait du mal à avaler.

– Je t'avais promis une histoire, n'est-ce pas ? lui dit-elle quand ils furent seuls.

Il sourit, comme toujours quand elle lui racontait une histoire. Elle voulait se souvenir de Yu ainsi.

– Une tempête éclata, commença Yin. Ce n'était la faute de personne. Ça arrive, simplement.

Yu parvenait péniblement à garder les paupières ouvertes. Yin se retint de pleurer.

– L'orage s'abattit sur le village. Il détacha les tuiles des toits, il arracha les drapeaux sur leurs hampes, et fit claquer les volets.

Yin contempla les yeux de son frère qui brillaient plus vifs que la lune dans la nuit. Quand elle leva la tête, elle vit que le ciel était couvert.

En général, elle prenait une voix enjouée pour décrire le vent sifflant et les coups de tonnerre. Elle faisait rire Yu avec son exubérance. Les mots ne comptaient pas vraiment, c'était plutôt la façon dont elle les disait qui plaisait à son frère.

Mais elle était triste ce soir-là, et son cœur était trop lourd pour qu'elle parle sur son ton habituel. Yu avait l'air trop fatigué pour s'en soucier, mais il semblait heureux de l'entendre.

– Un seau sur la terrasse se remplit de pluie. Et soudain le vent souffla l'eau, et la tempête le remplit de nouveau. Toute la nuit, la maison trembla et des éclairs strièrent le ciel.

Yin baissa les yeux. Son frère semblait endormi, enfin paisible. Elle examina sa poitrine, soulagée chaque fois qu'elle la voyait se soulever. Elle ne voulut pourtant pas l'épier plus longtemps, de peur qu'il s'arrête de respirer.

— Mais le matin, l'orage avait cessé, continua Yin. Le vent et la pluie avaient disparu. Plus un bruit, plus un tremblement. Le calme était revenu. Et tout le monde allait bien. Tout le monde.

Des larmes coulèrent sur les joues de Yin, mais elle ne pleurait plus de peur. Elle acceptait enfin la situation. Son frère ne pouvait plus continuer dans cet état.

— Tu es si courageux. Te l'ai-je déjà dit? Je suis tellement fière d'être ta grande sœur.

Une dernière fois, Yu sourit. Et il ferma les yeux, comme pour dormir.

— Bonne nuit, murmura Yin. Je t'aime.

Elle s'allongea sur le sentier, les yeux vers les nuages. Les bambous s'agitaient au-dessus d'elle et sa vision se brouillait sous l'effet des larmes. Elle eut l'impression que de nouvelles ombres voilaient les feuilles les plus hautes. Pourtant quand elle plissa les yeux pour y voir plus nettement, ce n'est pas de l'obscurité qu'elle aperçut, mais de la lumière.

Elle reconnut les deux étoiles argentées qu'elle avait prises la veille pour deux yeux.

Étaient-elles assez brillantes pour transpercer les nuages ? Yin, en tout cas, les distinguait clairement. Elle cherchait désespérément à supporter l'agonie de son frère. Mais c'était impossible, elle n'était pas prête. Elle pensa à ses parents. Ils avaient tout perdu à cause d'elle : leur fils, leur fille, leur nom. Leur avenir.

Pourtant, le calme l'envahit, comme la nuit précédente. Elle eut l'impression de tout comprendre. Elle entendait chaque soldat dans sa tente, endormi ou essayant de s'endormir. L'obscurité ne lui dissimulait aucun détail du campement, pas même le plus infime.

Luan s'afficha dans un éclair sur sa peau, juste au-dessus de son poignet. Yin sentit un pouvoir la submerger, comme lorsque son oiseau lui donnait accès à ses dons, mais plus fortement encore, différemment. Elle tendit l'oreille vers les bambous. Elle perçut les pas des rats au loin, et plus près, le frottement des araignées sur leurs toiles. Elle n'avait plus mal nulle part. Au contraire, elle se sentait reposée, comme si elle avait dormi pendant des jours.

– Je vais retrouver Jhi, chuchota t elle à son frère. Et je vais la ramener ici.

Yin ne savait pas si elle y arriverait, mais elle devait essayer. Mystérieusement, elle s'en sentait capable.

Elle se faufila hors du campement sans réveiller un seul soldat. Et rapidement un plan se dessina dans son esprit. Elle savait comment fonctionnaient les pièges. Et si elle les tournait contre ses ravisseurs ? Elle devrait se montrer particulièrement rapide et silencieuse, mais il fallait qu'elle le tente.

Elle était persuadée qu'elle réussirait, se sentait soudain capable de tout, comme si la nuit la portait en ralentissant le monde autour d'elle.

Yin s'approcha doucement de chaque piège. Ils lui paraissaient inoffensifs et elle se souvenait de l'emplacement de chacun d'entre eux, même de ceux qu'elle n'avait pas posés. Ils étaient inscrits dans sa mémoire avec précision.

Elle se montra rapide et efficace et une fois qu'elle eut terminé, elle ferma les yeux pour écouter.

Malheureusement tous les bruits se confondaient désormais.

À cet instant, Yin perçut un craquement, comme une tige de bambou qui se cassait derrière elle.

Quand elle se tourna, elle s'attendait à trouver Nao ou un autre soldat venu la ramener au campement. Mais elle vit une énorme silhouette qui bloquait le sentier. Elle leva la tête. Un panda, incroyablement grand, était assis en face d'elle.

Jhi regarda Yin avec curiosité. En silence, la Bête Suprême et la jeune fille se dévisagèrent. Une chaîne en argent était accrochée au cou du panda géant, sur laquelle un pendentif vert sculpté miroitait comme s'il était allumé de l'intérieur. Jhi vit que Yin regardait son talisman et le recouvrit rapidement avec sa grosse patte.

Un claquement retentit au loin suivi d'un hurlement. Puis d'un autre. Les pièges.

— Ils arrivent ! prévint Yin, mais Jhi ne semblait pas inquiète du tout.

— Ils veulent te faire du mal ! s'entêta la jeune fille. Tu dois t'enfuir !

Le panda ne bougea pas.

Les soldats apparurent. D'abord le grand roux avec son alligator, et les autres sur ses talons. Quand Nao arriva, son araignée bondit de son bras vers Yin.

La jeune fille hurla, terrorisée, mais soudain, les soldats ralentirent comme s'ils avançaient sous l'eau. Yin leva la tête vers une Jhi parfaitement sereine. L'un après l'autre, les guerriers et leurs animaux totems s'endormirent. Seules Nao et sa tarentule restèrent éveillées. Elles se rapprochaient à présent de Jhi.

– Je ne veux pas vous faire de mal, affirma Jhi d'une voix pleine et adorable.

– C'est impossible, gronda Nao.

Elle s'élança pour l'attaquer et, quand Jhi se leva pour esquiver l'assaut, la tarentule sauta et s'empara du talisman vert. Yin assista à la scène, impuissante. Trop rapidement pour que la jeune fille puisse intervenir, l'araignée grimpa sur le cou du panda et lui vola son précieux bijou. L'affreuse vieille femme éclata d'un rire mauvais avant de filer avec son animal, disparaissant dans le labyrinthe à une vitesse prodigieuse.

Jhi prit un air abattu, les yeux rivés dans l'allée noire.

— Pourquoi ne l'as-tu pas arrêtée ? lui demanda Yin.

Jhi baissa la tête vers elle.

— Parce que tu as besoin de moi, maintenant.

Jhi approcha son énorme tête de Yin et passa sa langue chaude et humide sur ses paumes.

Yin examina sa peau : ses ampoules et ses écorchures avaient disparu. *Voilà la magie de Jhi*, se dit-elle. Elle contempla les grands yeux argentés du panda. Ils lui semblèrent familiers. Tellement familiers.

Et soudain, elle comprit.

— Tu m'as suivie ! s'écria-t-elle sur un ton accusateur. Tout ce temps, tu m'observais. La première nuit, c'était toi, n'est-ce pas ?

Jhi ne répondit pas. Son immense silhouette bloquait la lumière matinale et ses yeux argentés pareils à deux étoiles scintillantes se posèrent sur la jeune fille.

— Qui sont ces soldats ? demanda enfin le panda d'une voix calme pareille au bruissement d'un millier de bambous dans le vent. Qui est la femme qui m'a pris mon talisman ?

Yin expliqua à la Guérisseuse tout ce qu'elle savait et lui raconta qu'ils avaient posé des pièges pour la capturer. Tout en parlant, elle se souvint de Yu resté dans le campement.

– Tu étais avec moi depuis le début ?! demanda de nouveau Yin.

La colère monta en elle.

– Alors pourquoi as-tu laissé l'état de mon frère se dégrader ? *Pourquoi l'as-tu laissé mourir ?*

Yin se représenta le corps froid et inerte de son frère, gisant sur le sol du campement.

– Comment as-tu pu ?

Mais le panda avait d'autres problèmes à régler.

– Il faut que je contacte les autres, annonça Jhi en se levant lentement. Les humains recherchent nos talismans.

– Attends, implora Yin, mais la femelle panda se mit à avancer, plus lente qu'un glacier dans la pénombre matinale.

– Il fallait que tu fasses tes preuves, répondit enfin Jhi. Et c'est ce que tu as fait.

Yin ne comprenait pas. Qu'avait-elle prouvé ?

– Yin ? appela une voix faible depuis les roseaux.

La jeune fille se figea. Elle reconnut son timbre.

Yu sortit de l'ombre derrière Jhi. Il était très amaigri et affaibli par sa maladie, mais il marchait, et il parlait. Et il souriait.

– Oh, Yu ! s'exclama Yin en accourant vers lui. Merci, Jhi ! Oh, merci !

Luan apparut dans un éclair. En voyant le petit garçon sain et sauf, il vola joyeusement autour de lui.

Le panda s'enfonça dans le labyrinthe sans se retourner pour les regarder.

– S'il te plaît ! tenta de l'arrêter Yin. Comment puis-je te remercier, Guérisseuse ? Dis-moi si je peux t'aider, je le ferai avec tout mon cœur.

Le panda s'immobilisa.

– Tu peux peut-être faire quelque chose, oui. Le moment arrivera bientôt où nous aurons besoin de ceux qui ont un don, comme toi. Je vais vous ramener chez vous, toi et ton frère. Dans une semaine, je voudrais que tu reviennes, si tu le veux bien. De graves problèmes s'annoncent. Tu les percevras plus clairement que quiconque. M'apporteras-tu ton assistance ?

— Tout ce que tu veux, promit-elle à l'animal de légende.

Sans un mot de plus, Ihi baissa une patte vers Yin. La jeune fille y grimpa avec son frère, et le panda les hissa sur son dos pour les transporter jusqu'à leur maison, les mettant en garde sur le drame inévitable qui les attendait.

Peu après, le Zhong subit une attaque-surprise de ses voisins du Stetriol, une invasion qui inaugura la première Grande Guerre du Dévoreur. Dans les années qui suivirent la défaite de Feliandor, Yu devint un célèbre conteur. Il passa sa vie à retracer les exploits des Capes-Vertes qui délivrèrent le Zhong de l'armée du Dévoreur. Mais son histoire préférée restait celle de sa grande sœur, Yin. Même si le Zhong interdisait à ses femmes de se battre, elle mania la puissante épée des Tang à de multiples reprises afin de protéger les siens. Elle fut l'espionne la plus douée de la résistance des Capes-Vertes dans son pays occupé et la femme la plus courageuse qu'il eût jamais connue.

Uraza

Les premiers
Capes-Vertes

D es yeux violets luisaient dans le noir. Un énorme félin, dont l'ombre était soulignée par le clair de lune, se glissa sous des acacias rouges. Uraza renifla le vent. Une odeur de proie embaumait l'air. Elle aurait préféré que ce soit celle d'une antilope, d'une biche ou d'un gnou. Mais non, c'était l'affreuse puanteur des hommes qui infestait son territoire. Ils contaminaient le calme de la nuit avec leurs chants et leurs feux de camp. Ils étaient venus chasser là, ridicules sur leurs deux jambes.

Uraza était deux fois plus grande qu'une panthère normale, et elle avait la vitesse foudroyante et la férocité d'une tornade. C'était l'une des quinze Bêtes Suprêmes qui peuplaient l'Erdas depuis les premiers temps.

Elle monta au sommet d'une colline afin d'observer la savane et le petit groupe installé autour des flammes. De nouveaux étrangers, avec leurs casques en métal, leurs épées et leur acharnement à la destruction. Les prédateurs du Nilo avaient appris à se tenir à distance de son terrain de chasse. Seuls les plus orgueilleux et les plus stupides s'obstinaient. En général, les gens de la région la vénéraient, lui témoignant le respect et l'admiration dus à une Bête Suprême. Pourtant, ces derniers temps, ils étaient aussi devenus plus effrontés.

La semaine précédente, une délégation d'anciens était venue des villages de l'est lui réclamer son assistance.

– Grande Uraza, merveilleuse reine de la savane, avait lancé leur chef. S'il te plaît, aide-nous à combattre ces étrangers. Ils nous ont attaqués sans avertissement, rompant ainsi plusieurs années de paix. Nous avons besoin de toi pour les chasser du Nilo.

Uraza avait rugi et ils étaient partis en courant de l'autre côté de la rivière qui marquait la frontière de son territoire. Pour qui la prenaient-ils ? Un de ces chiens à qui ils donnaient des ordres ? Un de leurs animaux totems, forcés à cohabiter avec eux ? Ce conflit ne concernait que les humains. Ils devaient régler leurs problèmes seuls. Ils n'avaient qu'à s'adresser à une Bête Suprême au grand cœur comme Ninani : le grand cygne adorait se mêler des affaires de tout le monde.

Pour Uraza, une seule chose comptait : qu'ils ne s'aventurent pas sur son terrain de chasse. Ces humains n'auraient pas dû installer leur campement sur son territoire. Ils seraient punis. Elle s'approcha pour espionner leur conversation.

— Samilia nous a ordonné de ratisser les environs. Je préfère me faire éventrer par une panthère géante que de revenir vers elle les mains vides, dit l'un des intrus.

— J'ai entendu des histoires à propos d'elle, dans le dernier village où nous sommes allés, continua un autre. Elle est immense et cruelle. Elle peut

dévorer un homme en deux coups de mâchoire. Si on continue, on n'a aucune chance d'en réchapper.

Les crocs d'Uraza scintillaient dans l'obscurité. Elle épargnerait peut-être cet homme pour qu'il aille rapporter à ses camarades le récit de ses prouesses. Elle attendit que le garde à l'extrémité du camp tourne la tête et elle se rua sur lui. Il eut à peine le temps de la voir avant qu'elle ne l'expédie de ses puissantes griffes.

Des hurlements emplirent le silence de la nuit. Quelques soldats paniquèrent, mais d'autres attrapèrent leurs épées et leurs boucliers pour charger. Uraza poussa un rugissement moqueur qui fit trembler toute la savane. Elle bondit sur eux, écartant leurs lames sans difficulté, enfonça ses griffes dans le visage d'un homme, en projetant un autre dans les airs d'un coup d'épaule.

Uraza dévasta le campement, déchira les tentes et balança les casseroles et les assiettes dans la boue.

– Pitié ! la supplia un guerrier, à genoux devant elle.

La panthère s'approcha et renifla la peur qu'elle voyait dans les yeux écarquillés de l'homme. Dans

un grognement, elle lui taillada le torse d'une seule griffe.

— Partez, lança-t-elle au pitoyable individu en pleurs. Traversez la rivière et ne revenez plus jamais sur mon territoire. Dites aux vôtres que tous ceux qui franchissent mes frontières termineront leur périple dans mon estomac.

Vaincu et blême, il hocha la tête.

— Allez, va-t'en !

Et il détala dans la nuit, suivi par ses compagnons. Uraza entendit leurs pas précipités longtemps après qu'ils eurent disparu de sa vue. Elle lança de la terre sur le feu pour l'éteindre et s'éloigna du campement.

Une demi-heure plus tard, elle ronronnait de satisfaction en humant l'air. La puanteur des humains avait disparu.

La semaine suivante, Uraza se dit que les humains avaient enfin compris la leçon. Une odeur lointaine de feux de camp lui parvenait encore, portée par les vents d'ouest, mais aucun intrus n'approchait. Puis, le neuvième jour, tandis qu'elle suivait un troupeau de gazelles à travers le haut plateau verdoyant,

elle flaira de nouveau l'odeur des envahisseurs. À contrecœur, elle se détourna de ses proies et descendit vers la savane.

Elle tourna autour du groupe d'hommes, restant à bonne distance, inquiète de les voir si nombreux. Ils avaient traversé la rivière Kwangani et étaient déjà bien engagés sur son terrain de chasse. En plus d'une foule d'humains, elle vit un grand nombre d'animaux, coyotes, dingos, wallabies, kangourous, serpents et bien d'autres encore. Un parfum âcre et artificiel les accompagnait. Uraza n'avait jamais rien senti de tel, malgré ses milliers d'années d'expérience.

Elle s'arrêta sur une petite butte afin de décider par où attaquer. Un mouvement dans sa vision périphérique attira son attention, mais elle fit mine de ne rien remarquer. Elle se figea comme si elle allait bondir, et subitement, dévia sur le côté.

Elle bondit par surprise sur les deux silhouettes cachées sous une cape de tissu vert, dans les hautes herbes, et les emprisonna sous ses pattes avant. Ils se débattirent, mais le rugissement tonitruant de la panthère les immobilisa aussitôt.

Sous sa patte gauche, Uraza découvrit un vervet. Le petit singe à la face noire bordée de fourrure grise la regardait avec des yeux ronds. Mais elle n'avait que faire de lui. Elle approcha son museau du garçon écrasé sous son autre patte. Il tenait encore sa lance dans sa main droite. Elle le renifla et l'observa intensément.

L'enfant était couvert de boue de la tête aux pieds. Malgré elle, Uraza sourit. S'il s'était dissimulé derrière le tissu vert avec son singe, c'était afin de camoufler son odeur et de passer inaperçu dans la savane.

— Que fais-tu ici ? lui demanda-t-elle tout bas. Tu portes les peaux de chèvres des Vendani et tu sais chasser dans les herbes hautes. Tu dois donc être au courant qu'il est interdit de pénétrer sur mes terres.

Le garçon déglutit nerveusement, mais osa soutenir le regard de la panthère.

— Oui, je connais les lois de la savane. Mais elles ne comptent plus. Je suis venu te sauver.

Uraza recula et éclata de rire.

— Tu n'es qu'un gamin avec une lance. Dans la mesure où tu es clairement fou, je vais peut-être te laisser la vie sauve. Une Bête Suprême n'a pas besoin d'un petit avorton comme toi.

Le garçon ne perdit pas son sang-froid

— Je ne suis pas un gamin. J'ai supporté les Nuits de Feu et j'ai invoqué Omika, mon animal totem. Je suis un homme, un guerrier. Je suis Tembo des Vendani et je vais te sauver, Uraza, toute Bête Suprême que tu es.

Uraza retira ses pattes et le singe lui siffla dessus et bondit au cou du garçon.

Très bien, petit guerrier. Je connais les Vendani, les «voleurs de chèvres». Comment un voleur de chèvres est-il censé venir à la rescousse d'une Bête Suprême?

Le garçon, irrité, transperça Uraza du regard.

— Les Conquérants que tu vois là ne sont pas venus chasser ton gibier. C'est toi qu'ils veulent. Ils veulent te capturer et te voler quelque chose que tu possèdes.

Uraza grogna et le singe partit se cacher derrière le dos de Tembo, qui resta imperturbable.

— Comment le sais-tu? l'interrogea Uraza.

— L'année dernière, ils ont proposé une trêve à mon peuple. Mais la première nuit après que la paix a été décidée, ils nous ont attaqués. Ils ont mis le feu à mon village et égorgé toutes nos chèvres.

La panthère comprit tout de suite ce que cela avait dû représenter pour la tribu du garçon. Les Vendani étaient des chevriers. Ils mangeaient la viande de leurs bêtes, buvaient leur lait, en faisaient du fromage. Ils portaient leurs peaux. Leurs grands troupeaux constituaient leur fierté et leur richesse. Dans tout le Nilo, les Vendani étaient connus pour être des guerriers féroces prêts à défendre, au péril de leurs vies, leur bétail des voleurs, des chacals et des lions.

— La plupart des nôtres se sont rendus ce jour-là. Mais j'ai juré que mon peuple serait libéré. Je fais partie d'un petit réseau de résistance. Il y a trois jours, je me suis faufilé dans le campement de ces hommes-là pour leur voler leurs provisions. Je les ai entendus parler de leur projet de te capturer. Ils espèrent trouver un objet précieux caché sur ton territoire.

Uraza s'étira afin d'assouplir ses muscles.

– Les épées et les arcs des humains ne me font pas peur.

Tembo secoua la tête.

– Ils pensent avoir une arme qui leur donnera l'avantage. Donne-moi du temps pour retourner dans leur campement et découvrir leur secret, et ensuite, nous les vaincrons ensemble.

Uraza rit de nouveau, effrayant toujours plus le petit singe.

– Ce sont des imbéciles arrogants. Et tu es un imbécile toi-même si tu penses que j'ai besoin de toi. Regarde-moi les chasser de mes terres et je te laisserai retourner chez toi. Tu pourras alors décrire aux tiens la férocité de la grande panthère de la savane.

Elle s'attendait à ce que l'enfant continue à la supplier, mais il se contenta de hausser les épaules.

– Si tu veux te battre seule, je ne peux pas t'en empêcher.

Le gros chat tendit une patte et cloua de nouveau Tembo au sol, sortant une griffe menaçante tout près de sa gorge.

– Je suis le plus grand des prédateurs sur ce continent. Meilleur même que Cabaro. Je n'ai pas besoin

de ton aide. Je n'aime pas ton espèce et jamais je ne me mêlerai à vos conflits ridicules.

Tembo leva un sourcil quand la griffe lui perfora la peau.

– Tu veux me convaincre, ou te convaincre toi-même ?

Uraza l'envoya rouler dans l'herbe.

– Admire ! lança-t-elle avant de bondir sur la colline pour se jeter sur les envahisseurs.

Dans le campement, des hurlements d'alerte retentirent. La grande panthère poussa un rugissement qui ébranla la prairie. Elle renversa tout sur son passage de son corps puissant. Telle la furie incarnée, elle percuta les premiers Conquérants sans ralentir. Elle entra de plein fouet dans un groupe d'humains et d'animaux qu'elle propulsa dans les airs. Les épées frôlèrent à peine son pelage et les flèches lui firent l'effet d'un léger pincement. *Que ce petit chaton sur la colline observe comment une Bête Suprême protège son territoire*, se dit-elle.

Le campement fut vidé en un instant, la plupart des hommes s'étaient enfuis, et les autres étaient morts sous les griffes d'Uraza. Elle remarqua que dans cet endroit, l'odeur âcre s'était amplifiée. Et quand une femme se précipita sur elle, la panthère vit une substance noire et visqueuse sur la lame de la hache qu'elle brandissait.

Du poison ? Uraza montra les crocs. Était-ce ça, leur arme secrète ? Les humains avaient déjà tenté par le passé d'empoisonner les Bêtes Suprêmes. Arsenic, ciguë, épidémie. Ils avaient tout essayé. Mais les Bêtes Suprêmes régnaient sur la vie sauvage et résistaient à toutes les mixtures et à toutes les maladies. Uraza écarta l'arme avec sa patte, et de sa queue elle balaya la Conquérante.

Des cris lui parvinrent de la prairie, au-delà du campement : les Conquérants reformaient leurs troupes. Uraza partit à leur rencontre, pulvérisant quelques tentes pour le plaisir.

Les étrangers avaient constitué un mur de boucliers et une barrière d'acier hérissée des pointes de leurs lances. Lorsqu'Uraza s'avança, une pluie de flèches s'abattit sur elle. Mais seuls quelques rares projectiles s'enfoncèrent dans sa chair, lui causant chaque fois une légère brûlure.

Elle s'élança entre les pointes qui fusaient de toute part puis bondit sur la gauche. Tous les Conquérants se tournèrent dans une synchronie parfaite, orientant le mur droit dans sa direction. Elle partit en sens inverse, mais ils la suivirent, n'offrant aucune ouverture. Elle recula lentement, furieuse.

Alors elle fonça, ses pattes frappant lourdement le sol à mesure qu'elle prenait de la vitesse. Les soldats devant elle baissèrent leurs lances, cachés derrière leurs boucliers. Une nouvelle salve de flèches s'abattit sur Uraza telle une tempête d'épines. Elle retroussa les lèvres pour montrer ses crocs luisants. Elle vit les hommes ouvrir de grands yeux, mais ils ne fléchirent pas.

Dans un bond spectaculaire, la grande panthère s'envola bien au-dessus de ses adversaires. Un seul d'entre eux parvint à lever son arme à temps pour la blesser au flanc. Elle sentit la lame lui entailler la peau et la substance noire recouvrir sa blessure.

Uraza atterrit au milieu des archers, les écrasant sous son poids. D'autres Conquérants tombèrent encore sous ses coups de patte. Mais une étrange sensation s'emparait d'elle. Elle recula et sentit une soudaine faiblesse gagner tous ses membres. Des flèches tirées à bout portant traversèrent sa fourrure et la substance noire se propagea dans son sang.

Uraza fit un autre pas en arrière. Ses muscles tremblaient, quelque chose drainait son énergie, la vidait de ses forces. À présent, les Conquérants avançaient pour l'entourer, leurs armes toujours dirigées sur elle. C'était de cette façon que les tribus du pays chassaient les lions, pas les Bêtes Suprêmes comme elle. C'était une insulte.

– Je suis Uraza, reine incontestée de la savane, gronda-t-elle. Quittez mon territoire ou je vous tuerai tous, un par un.

La cheffe des Conquérants fit un geste et le cercle se rétrécit. C'était une grande femme imposante avec des dents tranchantes qui rappelaient la crête sur son casque et le lézard enroulé autour de son cou.

– Sois gentille, ma jolie, et allonge-toi sagement.

Uraza rugit et attaqua, mais elle fut accueillie par les pointes acérées et dut reculer. Les armes empoisonnées lui causèrent plusieurs autres plaies. Le corps d'une Bête Suprême pouvait s'adapter à cette substance, mais il fallait du temps. Pour le moment,

Uraza était infectée. Son instinct de félin lui soufflait qu'elle n'était plus en mesure de vaincre cette armée. Elle se tourna pour s'enfuir, mais elle était encerclée.

Alors que sa vision se brouillait, l'étau se resserra encore. Elle lâcha une faible plainte vers les guerriers les plus proches, sans réussir à mobiliser ses muscles. L'ennemi avançait, implacablement.

Elle eut un dernier sursaut de révolte auquel répondirent d'autres coups qui l'anesthésièrent. Elle s'écroula dans l'herbe, incapable de tenir debout. Elle ne pouvait plus que montrer les crocs.

La dernière image qu'elle vit avant que ses paupières ne se ferment fut le sourire impitoyable de la cheffe des Conquérants.

Le sol, décoré de rais de lumière, bougeait sous le corps d'Uraza. Elle reprenait lentement connaissance. Quand sa vue redevint nette, elle leva la tête et comprit qu'elle était enfermée.

Elle s'étira et se leva, mais se rendit vite compte qu'elle était trop à l'étroit dans sa cage, transportée dans une immense charrette tirée par une douzaine de bœufs.

La cheffe des Conquérants marchait à côté, son animal totem, un tuatara de quarante centimètres de long, autour du cou.

– Oh, tu es réveillée ! s'exclama-t-elle gaiement.

– Qui es-tu ? gronda Uraza. Qui ose enfermer une Bête Suprême contre sa volonté ?

La femme sourit et montra ses dents pointues.

– Je suis Samilia, la future reine du Nilo. Et je ne veux pas de ta concurrence, tu comprends ?

L'impertinence de cette femme était choquante. Ne savait-elle donc pas à qui elle s'adressait ? Uraza se jeta sur les barreaux avec un rugissement. Elle se cogna violemment et fut projetée en arrière. La charrette fut à peine secouée, et le métal ne subit aucun dégât.

– Ne perds pas ton temps, j'ai fait spécialement construire cette cage pour un gros matou comme toi.

Uraza tira sur la serrure avec ses griffes, mais ne fit que quelques rayures.

– Tu es mon billet pour m'emparer de tout le Nilo, tu sais ? continua joyeusement Samilia en ignorant les tentatives désespérées d'Uraza. Autrefois, dans le Zhong, je dirigeais une petite

bande de brigands. Et aujourd'hui, je suis à la tête d'une armée assez grande pour conquérir et asservir ce pays. Le Roi Reptile me l'a donnée. Tout ce qu'il me demande en échange, c'est ton talisman. Sans toi pour les entraver, mes hommes n'auront aucun problème à ratisser ton territoire pour retrouver la petite breloque.

Enragée, Uraza se jetait furieusement sur les barreaux.

– Les habitants du Nilo n'accepteront jamais une telle injure, rugit-elle. Ils n'accepteront pas que tu gardes captive leur Bête Suprême. Je *suis* le Nilo.

La femme rit.

– Nous avons mangé leur bétail, brûlé leurs villages et volé leurs récoltes. Et pendant tout ce temps, tu n'as rien fait pour les aider. Ils te maudissent autant qu'ils me maudissent, moi. Ou plus encore. Au début, les prisonniers qu'on attrapait nous promettaient que tu viendrais à leur secours, tu le savais ?

La panthère secoua la tête et lui adressa un regard mauvais.

– Mais je n'ai aucune raison de te faire souffrir. Ce n'est pas ta guerre. Dis-moi juste où se trouve

ton talisman et, une fois que je l'aurai, je te laisserai partir. Tu vois?

Uraza grogna en direction de la cheffe et se détourna.

– D'accord. Je trouverai toute seule, conclut Samilia en haussant les épaules avant de partir vers l'autre côté du convoi.

La charrette roulait sur une route cahoteuse, longeant les décombres causés par la guerre. À travers les barreaux, le grand félin regardait les campements et les régiments en marche. En la voyant enfermée, beaucoup d'hommes se réjouissaient. Uraza leur crachait dessus, mais cela ne faisait que les encourager.

Ils traversèrent des champs laissés à l'abandon, des villages rasés et en cendres. Ils passèrent à côté de rangées de prisonniers, de fiers guerriers enchaînés par les envahisseurs. Elle vit de nombreuses tribus, vaincues, découragées, épuisées. Elle pouvait lire de la déception et du mépris dans les regards.

Cette nuit-là, la charrette d'Uraza stationna à la lisière d'un grand campement. On ne lui offrit rien à boire ni à manger. Elle n'aurait rien accepté de

toute façon. Un groupe de Conquérants montait la garde, sous les ordres d'un grand chauve avec un cache-œil.

Petit à petit, le silence s'installa tandis que les envahisseurs terminaient leur repas et partaient se coucher. La lune apparut, baignant la savane d'une lumière bleutée. Uraza renversa la tête en arrière pour hurler sa fureur à la nuit.

Affreusement nerveuse, Uraza essaya de marcher dans sa minuscule cellule, mais, elle ne pouvait qu'y tourner en rond. Ses pattes tremblaient d'impatience. Elle aurait dû être en train de courir dans la savane à l'affût de son prochain repas. Les panthères n'avaient rien à faire en cage et une Bête Suprême encore moins.

Bien après minuit, elle entendit des cris à l'entrée du campement. Ses yeux s'ajustèrent à la pénombre. Un humain n'aurait pu distinguer que de vagues silhouettes, mais Uraza n'eut aucun mal à voir toute la scène.

Le garçon vendani qu'elle avait rencontré avant d'être capturée attaquait le campement. Les

Conquérants tiraient leurs flèches, qu'il esquivait facilement. Il se déplaçait presque aussi rapidement qu'une panthère et fonçait droit vers elle. Uraza admirait son courage, mais, à l'instar d'un gentil toutou, il se montrait plus loyal que rusé.

Le grand borgne chauve s'interposa, un sabre à la main. Tembo s'arrêta net et lança un regard vers Uraza. Elle détourna la tête, fièrement.

– Espèce d'idiot. Tu n'es pas de taille contre toute une armée, lui lança-t-elle.

Tembo lui adressa un sourire et leva un sourcil. Il envoya ensuite sa lance sur le guerrier, qui recula, blessé et sidéré. Il ne s'était pas attendu à ce que le garçon en cape verte se sépare de sa seule arme. Hurlant de douleur, il s'écroula.

Alors que les autres gardes affluaient, Tembo s'éloigna du campement comme s'il dansait. Un groupe de Conquérants s'élança après lui. Uraza regarda le garçon gravir la colline pour échapper à ses poursuivants.

De frustration, la Bête Suprême gratta les barreaux avec ses griffes. Si ce garçon pensait être capable de tuer une armée entière, il était encore

plus écervelé qu'elle ne l'avait pensé. Des cavaliers partirent en renfort vers la colline. Lancés au galop, ils disparurent dans la nuit.

Uraza s'allongea dans sa cage. Elle repensa aux paroles de la cheffe des Conquérants : les gens du Nilo n'étaient pas venus à son secours. Comment un garçon seul pouvait-il croire qu'il avait une chance ? Qui avait besoin de ces humains sur terre ?

Le campement était en ébullition. Les hurlements du garde blessé couvrirent le vacarme ambiant quand un de ses compagnons lui retira la lance. Du coin de l'œil, Uraza vit une petite ombre se détacher d'une des tentes et se faufiler dans la foule jusqu'au Conquérant à terre. La silhouette fugace s'approcha de lui sans bruit pour attraper un objet dans sa ceinture avant de s'éloigner en zigzaguant entre les jambes des soldats.

Uraza la suivit du regard. C'était Omika, le singe du voleur de chèvres ! Le petit animal évita tous ses adversaires et monta dans la charrette. Entre ses dents, la clé scintillait.

Uraza se leva et étira ses muscles.

– Ouvre vite !

Le singe poussa un cri strident en guise de réponse.

À l'abri de la vue des gardes, il enfonça la clé dans la serrure et la porte s'ouvrit. La panthère sauta hors de la cage, bousculant sans ménagement les Conquérants qui avaient le malheur de se trouver sur son passage. Avec quelques coups de patte, elle se débarrassa vite de ceux qui essayaient de résister. Le reste courut se réfugier dans le campement.

Uraza s'étira de nouveau, savourant sa liberté. Le poison de ces hommes ne leur servirait plus à rien. Elle dévasterait leur campement et leur montrerait ce dont était capable une Bête Suprême enragée.

Mais le singe lui jeta une poignée d'herbe à la tête pour attirer son attention. Il lui indiqua la savane.

Uraza grogna.

L'espace d'un instant, elle hésita à avaler simplement le petit animal insolent, mais elle comprit.

– Tembo... Tu veux que j'aille l'aider?

Le garçon avait peut-être réussi à semer les guerriers partis à ses trousses à pied, mais les cavaliers le rattraperaient certainement.

La panthère se surprit alors à faire demi-tour dans la direction du garçon. Il avait risqué sa vie pour

la libérer. Et les Conquérants qui le pourchassaient méritaient autant ses foudres que ceux qui étaient encore dans le campement.

Elle s'élança dans la prairie.

Quand elle le rejoignit, Tembo était pris au piège au fond d'un ravin, entre deux parois rocheuses qui séparaient la prairie du veld. Elle rampa sans bruit jusqu'au bord, et découvrit dans le trou un groupe de Conquérants armés, accompagnés de leurs animaux totems, dingos, émeus et autres créatures du Stetriol.

Tembo avait réussi à se procurer une lance, mais il se retrouvait coincé.

– Rends-toi, petit, et nous ne te ferons pas de mal, cria un des guerriers.

– Je suis tenté de vous faire la même proposition, répondit Tembo. Mais je n'ai ni le temps ni la patience de me balader avec des prisonniers. Je vais donc devoir tous vous tuer.

Il agita sa lance pour illustrer ses menaces.

Le Conquérant éclata de rire.

– Brave petit, il se croit drôle. Il rira moins dans sa tombe.

Tembo fit tourner son arme en un grand cercle afin de maintenir les soldats à distance. Ils ne se laissèrent pas intimider, mais dès que le premier guerrier se jeta sur le garçon, Uraza sauta de son perchoir pour écraser l'assaillant sous ses pattes. Les autres reculèrent. La panthère géante rugit, faisant vibrer le ravin.

– C'est le chat ! hurla un des hommes.

– Repliez-vous ! répondit un autre.

Aussitôt, les Conquérants se sauvèrent du ravin, le métal de leurs armures s'entrechoquant dans la confusion et la bousculade générale.

– Merci pour ton aide, grogna Uraza d'une voix grave, avant de se ruer sur les fuyards.

– Ne leur cours pas après ! la rappela Tembo. Nous n'avons pas le temps.

Uraza se retourna.

– Nous ? Tu m'as aidée, je t'ai aidé. Nous sommes quittes.

– Vraiment ? demanda Tembo, malicieux. Je t'ai volée à mes rivaux. Selon la loi des Vendani, tu m'appartiens maintenant.

– Je ne suis pas une de tes chèvres, mon garçon, rétorqua Uraza en avançant vers lui.

– Si je n'avais rien fait, je serais tranquille dans l'herbe et toi tu serais dans une cage, continua Tembo.

Elle le transperça du regard.

– Très bien, conclut le garçon. On pourra discuter plus tard de l'ami merveilleux que je suis. J'ai espionné les Conquérants toute la journée et j'ai entendu leurs plans. Cette femme aux dents pointues, Samilia, dirige les troupes. Un des anciens lui a révélé l'emplacement du talisman.

– Personne ne le connaît, riposta Uraza en jetant un regard vers la prairie. Aucun humain n'a jamais posé les yeux sur mon talisman.

Tembo haussa les épaules.

– Donc personne ne sait qu'il est enterré dans le Verger Rouge ?

Uraza revint vers le garçon en rugissant.

– Qu'est-ce que tu dis !?

– Je n'y suis pour rien, se défendit Tembo. Je les ai juste entendus parler. Mais on doit s'y rendre sur-le-champ pour les arrêter. On a plus de chances d'y parvenir si on s'associe.

Uraza rit.

– Reste en dehors de mon chemin, petit guerrier, grommela-t-elle avant de sauter du ravin pour disparaître dans la nuit, abandonnant Tembo derrière elle.

L'immense panthère avançait sous les vieux arbres rouges. Elle s'attendait à trouver des soldats, des animaux totems et des tentes dans le verger, mais il était désert. Aucune proie en vue et pourtant elle sentait partout leur odeur musquée.

Ce lieu était son terrain de chasse depuis la nuit des temps, et ils étaient venus le profaner. Des arbres avaient été coupés pour faire du feu, il n'en restait plus que les troncs meurtris. Des tranchées avaient été creusées pour servir de latrines, et l'herbe avait été écrasée par toute une armée.

Uraza galopa dans le verger, son cœur battant plus fort à chaque pas. Quand elle arriva à l'arbre le plus haut, sous lequel était enterré son talisman, elle ralentit. Elle avait vu une ombre.

Elle avança avec la discrétion et la grâce dont seuls les grands félins sont capables, et soudain elle se figea net.

Comment cet avorton avait-il fait pour la devancer ? Debout sous son arbre favori, il examinait un trou dans le sol.

– Toi ! siffla-t-elle. Tu es déjà ici ?

Un rictus horripilant se dessina sur le visage du petit guerrier.

– Vous autres panthères, gazelles, zèbres, vous courez vraiment très vite. Mais vous vous fatiguez. Un Vendani peut courir toute la journée et toute la nuit, lentement et régulièrement. Quand nous chassons, nous ne nous arrêtons pas avant que notre proie soit à bout de force.

– Où est le talisman ? demanda Uraza.

Tembo désigna le trou dans le sol.

– Si c'est bien là qu'il était, ce sont les Conquérants qui l'ont désormais. Il va falloir les traquer.

Uraza s'approcha, son immense tête dominant la carrure fluette du garçon.

– Il s'agit de mon talisman, et de mon terrain de chasse. Va mener tes propres combats ailleurs, petit guerrier.

Tembo sourit, nullement impressionné par l'énorme mâchoire si proche de son visage.

– Vraiment? Et c'est quoi ton plan? Vaincre une armée entière, toute seule?

– Je suis une chasseuse. Ces hommes sont des proies, répondit Uraza d'une voix grave et menaçante. Ils vont regretter leur vol.

– Super. Et pendant que tu te vengeras, je me chargerai de récupérer le talisman qui doit être enfoui dans une charrette en fer, derrière trois serrures. Je l'ai vue descendre d'un navire la semaine dernière. Ne t'en fais pas, s'empressa-t-il d'ajouter, voyant qu'Uraza montrait les crocs. Je te le rendrai tout de suite. Je veux juste m'assurer qu'ils ne le gardent pas.

– Et comment comptes-tu procéder?

Tembo haussa les épaules.

– Un voleur de chèvres peut crocheter n'importe quelle serrure et dérober un troupeau entier en une seule nuit.

Il se pencha en avant et prit un ton de conspirateur.

– Avant l'invasion du Dévoreur, ma famille avait le plus grand troupeau de la savane.

Dans la lumière blafarde du soir, Uraza tourna la tête vers des buffles qui paissaient tranquillement.

Allait-elle vraiment accepter l'aide d'un humain ?
Elle s'assit sur le sol et laissa échapper un soupir.

– Très bien. Mais si tu me trahis...

– Tu me dévores ? Je te préviens, je suis peut-être un peu coriace, répliqua nonchalamment Tembo, en examinant la rangée de crocs dans la gueule de la panthère.

Ils suivirent toute la nuit le sillon laissé par la charrette. Tembo accompagnait la Bête Suprême avec aisance, malgré ses immenses foulées. Omika, sur ses épaules, lui soufflait des encouragements. La fraîcheur des empreintes et l'odeur dans l'air prouvaient qu'ils se rapprochaient.

Après une journée de marche, ils atteignirent le sommet d'un talus. Ils trouvèrent la charrette en bas de la pente, vide et abandonnée. Tembo s'agenouilla et son singe se chargea de fouiller le véhicule.

– Ils ont campé ici la nuit dernière, déclara le garçon. Et ils ont abandonné la charrette pour avancer plus rapidement. Ils savent que nous les pourchassons.

Uraza renifla le sol.

– Ils ont formé quatre groupes, chacun parti dans une direction différente.

Elle ne formula pas le vrai problème : même s'ils se séparaient et qu'elle faisait confiance à Tembo, ils n'avaient aucune garantie de retrouver le talisman.

Ils étudièrent les traces pendant plusieurs minutes sans rien dire, tandis qu'Omika se régalait de la nourriture restée dans la charrette.

Tembo se leva et regarda à l'horizon.

– Ils ont emporté le talisman par là, affirma-t-il.

Uraza lui décocha un regard de dédain.

– Comment pourrais-tu le savoir ? N'importe lequel de ces voleurs à deux pattes pourrait l'avoir sur lui !

Tembo claqua la langue vers la panthère.

– Il ne faut pas généraliser. Les voleurs ne se valent pas tous.

Uraza poussa un grognement agacé, ses yeux violets scintillant dans la nuit.

– Leur cheffe, cette Samilia, continua Tembo. Je suis sûr qu'elle l'a gardé pour elle, ton talisman. Son animal totem est un grand lézard. Un tuatara. Et avec les empreintes de pas de ce groupe, on voit également les traces d'un lézard. C'est sûrement elle.

Tembo se lança immédiatement dans la direction qu'il venait d'indiquer, Omika sur les talons. Le petit singe baragouina quelques sons dans son langage et Tembo hocha la tête comme s'il comprenait tout ce que son compagnon venait de lui dire. Pour Uraza le charabia du petit singe n'était en rien différent de celui des humains.

Alors qu'ils s'éloignaient déjà, Uraza inspecta le campement. Puis, de mauvaise grâce, elle baissa la tête et suivit le garçon et son singe.

Quand ils s'arrêtèrent pour la nuit, Tembo ramassa du bois afin de faire un feu.

Uraza s'installa pour l'observer, perplexe, alors qu'il ajoutait des brindilles. Elle le mit en garde :

– Cela va attirer l'attention. Si jamais ce que tu as l'intention de faire à ce bois réussit.

Tembo hocha la tête.

– Nous sommes près du village de Dakami. Je connais un vieillard là-bas avec lequel j'ai sympathisé quand il m'a attrapé en train de voler une jeune chèvre. C'est un allié. Il verra mon signal et appellera mes amis.

Uraza produisit un son guttural entre grognement et ronronnement. Tembo lui adressa un regard inquiet avant de se remettre rapidement à sa tâche. Malgré sa posture fanfaronne, la panthère sentait bien qu'il n'était pas complètement à l'aise en sa présence. Encore heureux.

Elle posa la tête contre le sol et regarda le feu prendre. Tembo secoua sa cape au-dessus des flammes pour laisser échapper des volutes de fumée précises.

– Pourquoi ? demanda-t-elle enfin quand Tembo s'écarta du feu.

– Pourquoi quoi ?

Il s'allongea dans l'herbe, emmitouflé sous sa cape verte.

Uraza l'examina un long moment, les étincelles se reflétant dans ses yeux violets.

– Pourquoi risquer ta vie pour mon talisman ? Pourquoi te battre contre les Conquérants, alors qu'ils sont si nombreux ? Selon moi, vous avez déjà perdu.

– C'est vrai, la majorité des membres de ma tribu s'est déjà rendue, avoua Tembo, les yeux rivés sur le ciel étoilé. Nous avons pourtant regardé les Conquérants incendier nos maisons, égorger notre bétail. Ma mère avait une chèvre préférée, Maggy. C'était celle qui nous donnait le plus de lait et le fromage qu'on en faisait était le plus délicieux. Cette femme, Samilia, elle l'a tuée et mangée devant nous.

Tembo se tut un long moment et Omika vint se blottir contre lui.

– Ils ne se sont pas contentés de nous prendre nos troupeaux, notre seule richesse. Ils nous ont privés de notre moyen de subsistance, de notre honneur. Les anciens ont dit que nous ne pouvions pas nous battre, qu'ils étaient trop forts. Mais la première nuit après notre capitulation, j'ai réussi à voler le dernier morceau de fromage de Maggy pour le donner à ma mère. J'ai alors compris qu'ils n'étaient pas invincibles, ces Conquérants. Le lendemain, j'ai décidé de quitter mon village. J'ai dérobé une cape verte à un de leurs officiers, afin de me fondre dans la végétation, et je me suis enfui.

Uraza contempla ce garçon dont l'orgueil l'avait conduit à affronter seul une armée entière.

– J'ai rencontré en secret des jeunes que je connaissais dans d'autres villages et nous avons échangé nos histoires. Partout où j'allais, j'ai volé leurs provisions aux envahisseurs, saboté leurs charrettes. Je me suis toujours assuré qu'on apercevait ma cape verte, ou Omika. Je voulais qu'ils sachent que le responsable était un garçon de la région. Et quand ils ont exigé que les animaux totems soient maintenus à leur forme passive, j'ai commencé à avoir du soutien.

Tembo avait parlé d'une voix tendue et furieuse, mais désormais la fierté prenait le dessus.

– Une nuit, au printemps dernier, toutes les tribus ont abandonné leurs couleurs et leurs différences pour adopter les capes vertes, signe de notre ralliement. La couleur idéale pour se fondre dans la savane. Là où nous allons, nous apportons l'espoir qu'un jour nous serons de nouveau libres et l'assurance que le pouvoir des Conquérants n'est pas absolu. Nous nous battrons et nous vaincrons. Avec ou sans les Bêtes Suprêmes.

Tembo s'interrompit, attendant sûrement une réaction d'Uraza, mais la panthère laissa le silence les envelopper. Le garçon finit par s'endormir d'un sommeil profond.

Le lendemain matin, Uraza bondissait dans la savane, Tembo à ses côtés. Omika, épuisé par le voyage, avait pris sa forme passive sur le bras du garçon. Ils croisèrent des hippopotames qui profitaient du soleil dans la rivière Kwangani et une volée de bécassines les survola, en route vers leur zone de reproduction. Enfin, ils atteignirent un terrain désolé sur lequel tous les acacias avaient été abattus. Sur plus d'un kilomètre, ils ne virent que des troncs et des branches mortes.

Alors qu'ils arrivaient au sommet d'une colline, Tembo fit signe à Uraza de se baisser. Ils avancèrent tapis dans les herbes hautes et se cachèrent derrière un gros tronc. Sur un mont plus élevé, se dressait le campement des Conquérants, de la taille d'une petite ville. Le centre était entouré d'une palissade en bois et une tour de garde s'érigeait au milieu. Les traces que Tembo et Uraza avaient suivies y aboutissaient.

Le garçon désigna, sous la bannière noire des Conquérants, un petit drapeau rouge dans lequel était dessiné un lézard

– L'insigne de Samilia, expliqua-t-il. Elle est ici. On l'a retrouvée.

– Je vais lui enfoncer mes crocs dans la gorge, déclara Uraza, muscles tendus.

Tembo secoua la tête.

– Ils sont trop nombreux. Notre unique chance est de nous introduire discrètement dans leur campement pour leur voler le talisman.

– Je veux sentir sa gorge dans ma mâchoire, insista Uraza en lui décochant un autre de ses regards mauvais.

Le petit guerrier haussa les épaules.

– Oui... je comprends. Après, peut-être.

Il regarda par-dessus son épaule l'endroit d'où ils étaient venus.

– Allons chercher le reste des résistants. On va avoir besoin d'eux en renfort.

Uraza partit à contrecœur. Elle aurait préféré attaquer directement et dévorer cette affreuse

Conquérante, mais Tembo n'avait pas tort. À trois, ils n'avaient aucune chance face à une armée.

Cette nuit-là, ils retrouvèrent les compagnons de la résistance autour du seul arbre qui tenait encore debout à un peu plus d'un kilomètre du camp fortifié. Les enfants les plus petits restaient derrière, leurs grands yeux rivés sur l'imposante musculature d'Uraza. La panthère sentait leur peur. Même l'homme le plus grand et le moins craintif de tous agrippait sa hache si fermement qu'il aurait pu en broyer le manche. Le tatouage des Takweso sur son torse nu s'entremêlait à celui d'un chien sauvage, son animal totem dans sa forme passive. À ce qu'Uraza savait des tribus locales, les Takweso étaient d'anciens rivaux des Vendani. Pourtant le colosse fit une chaleureuse accolade à Tembo quand ils arrivèrent.

— Djantak ! s'exclama le jeune garçon lorsqu'il l'entoura de ses bras puissants.

— Voleur de chèvres ! répondit l'homme affectueusement.

Tembo présenta à Uraza ses compagnons : Djantak, le grand Takweso avec son chien sauvage ; Kinwe, un petit bonhomme à lunettes et sa chouette qui les surveillait depuis le sommet de l'arbre ; Jinta, une jeune fille discrète armée de couteaux, et qui n'avait semble-t il pas d'animal totem ; et plusieurs autres.

Ils formaient un groupe hétérogène, la plupart trop jeunes pour être des guerriers du Nilo. Tous portaient des capes vertes, coupées dans divers tissus recyclés.

Ces enfants humains auraient dû être en train de jouer dans les rues de leurs villages ou de conduire les troupeaux de chèvres et de moutons vers des points d'eau, plutôt que de combattre dans la résistance pour leur liberté. Comment les anciens de leurs tribus avaient-ils pu se rendre et les laisser se débrouiller seuls dans cette situation désespérée ?

Et pourtant, cela se passait également ainsi chez les animaux. Souvent les plus jeunes grandissaient vite ou pas du tout. Ce n'était en tout cas pas le problème d'Uraza, elle n'avait rien à voir avec ce désastre.

– Pourquoi aurions-nous besoin d'être si nombreux pour aller récupérer mon talisman ? s'enquit la panthère.

– Récupérer ton talisman ? répéta Tembo avec un sourire.

– Tu es fou, voleur de chèvres, grommela Djantak.

– Nous allons faire bien plus que ça, continua Tembo. Nous allons réduire ce campement en cendres, avec toutes leurs provisions et leurs armes.

Djantak écarta sa cape, révélant plusieurs gourdes en peaux de bêtes.

– Huile de paraffine, salpêtre et extrait de plantes combustibles. Trouvés dans un convoi de prisonniers du Zhong. Un mot de travers suffirait à tout faire flamber.

Jinta esquissa un rictus menaçant et brandit un morceau de silex. Elle le frotta avec un de ses couteaux pour produire des étincelles.

– Je suis ici pour récupérer mon talisman, grogna Uraza, excédée. Pas pour lancer un assaut.

Apeurés, les membres de la résistance reculèrent, mais Tembo ne bougea pas. Djantak brandit sa hache, sur la défensive, et la rebaissa tout doucement.

Tembo hocha la tête.

– Je vais le chercher moi-même, ton talisman. Le feu fera parfaitement diversion.

La panthère le fixa de son regard violet.

– Et quel est mon rôle là-dedans, petit guerrier ?

Tembo lui adressa son sourire agaçant.

– Je vais monter sur ton dos pour bondir au sommet du mur de la tour. Tu es bien plus rapide que moi. Nous serons à l'intérieur avant même qu'ils puissent refermer le portail.

Uraza prit un air furieux qui aurait pu pétrifier un troupeau entier de gnous.

– Aucun humain ne monte sur mon dos ! Trouve un autre plan.

La panthère et l'humain se dévisagèrent un moment, mais Uraza ne cédait pas. Si ce gosse pensait pouvoir chevaucher une Bête Suprême, il allait finir avec une griffe enfoncée dans la gorge.

– Je suis le prédateur le plus puissant du Nilo, mon garçon. Je ne suis pas ta servante.

Tembo ne baissa pas les yeux, mais la panthère affichait une détermination sans faille.

– D'accord, se résigna-t-il. Il va juste falloir qu'on se montre discrets.

Ils se mirent en action juste avant l'aube. Pendant la nuit, Jinta avait profité de l'obscurité

pour fragiliser la palissade. Uraza avança avec les humains en cape verte, tapis dans les herbes hautes. Même si elle les surplombait largement, elle savait parfaitement passer inaperçue. Ils atteignirent la palissade et elle attendit patiemment que Tembo et Djantak retirent les planches en bois. Comment en était-elle arrivée à dépendre de l'aide des humains ? Elle s'était même prise d'affection pour son petit guerrier, et maintenant elle se retrouvait entourée d'un groupe de ses semblables.

Tembo leur fit signe d'être silencieux. Ils se baissèrent à l'approche de deux gardes, dont la conversation descendit jusqu'à eux, portée par la brise matinale.

– Elle nous en demande trop, dit l'un des Conquérants. Les troupes sont épuisées.

– Mais elle a le talisman, répondit l'autre, un sourire maléfique dans la voix. Les dernières tribus au sud se rendent et le nord du Nilo ne va pas tarder à les suivre. Ensuite, elle se mettra sûrement en quête du lion, Cabaro.

– J'ai hâte de mettre le feu à leurs villages, quand ils se seront rendus. J'adore voir leurs mines

déconfites quand ils regardent leurs maisons brûler.

– Et nous pourrons enfin quitter ce pays de mal heur, se réjouit l'autre.

Leurs pas s'éloignèrent.

Uraza grogna, mais Tembo posa une main sur son flanc pour la faire taire. Malgré le regard mauvais qu'elle lui décocha, elle obéit.

Ils passèrent les uns après les autres à travers le trou creusé afin de se faufiler à l'intérieur du camp. Un calme presque irréel y régnait. Ils se dispersèrent alors dans la grisaille du matin, Tembo, Djantak et Uraza se dirigeant vers le bâtiment principal.

Djantak lança un regard au centre du campement, derrière des abris de fortune.

– Des gardes, petit frère. Ils sont nombreux, annonça-t-il à Tembo. Il va falloir les contourner.

Ils longèrent les cabanes à la périphérie du campement pour arriver à l'arrière d'une petite structure d'un étage, avec des murs en bois et un toit en bardeaux.

Djantak se baissa et Tembo se hissa sur ses épaules en s'appuyant sur le mur. Djantak se releva avec un petit soupir d'effort. Tembo attrapa le bord du toit et grimpa sur les bardeaux.

Quand il fut en haut, Djantak partit dans le brouillard.

Uraza prit de l'élan et rejoignit le petit guerrier, fendant l'air de sa grâce féline. Une autre bête de sa taille aurait atterri avec fracas, mais elle se posa plus délicatement qu'un moineau sur une branche.

Tembo s'engagea sans difficulté dans la trappe, mais pour elle ce fut plus laborieux.

La pièce était vide, sans la moindre décoration. Ils virent même sur le plancher la marque de meubles qui avaient disparu. Tembo avança jusqu'aux marches et revint sur ses pas.

– Il n'y a plus rien ici. Tout a été retiré.

Tendue, Uraza scruta la chambre.

– Samilia nous attendait. C'est un piège.

À peine eut-elle fini sa phrase qu'une cloche retentit. Tembo se précipita vers la trappe pour regarder dehors.

– Ils déferlent de partout ! cria-t-il. Armés et prêts au combat !

Uraza banda ses muscles, en rugissant.

– Pas deux fois de suite ! Je vais tous les détruire.

Tembo rit.

– J'aime ton enthousiasme, mais on pourrait peut-être penser à un moyen que je survive moi aussi.

Uraza l'interrogea du regard.

– Samilia porte ton talisman autour du cou. J'ai un plan. J'espère juste qu'ils n'ont pas capturé les autres.

Tembo se frotta machinalement le bras.

– Dès que je me serai emparé du talisman, tu interviens et tu leur montres tes griffes.

Uraza ne répondit pas. S'il échouait, elle pourrait toujours tenter une approche plus directe.

La voix de Samilia résonna dans le bâtiment.

– Viens là, mon gros matou, je n'imaginais pas que tu me faciliterais ainsi la tâche. Rends-toi et tout ira bien. Je ne tuerai même pas ton ami, le voleur de chèvres.

Un sourire se dessina sur le visage de Tembo.

– Elle ne parle pas des autres. Ça devrait fonctionner.

– Très bien, petit guerrier. Je te donne une chance. Mais si tu échoues, tu te retrouves seul.

Il haussa les épaules, attrapa sa lance et partit vers la porte tandis que la panthère retournait sur le toit pour examiner ses ennemis.

Il avait raison, ils avaient tout prévu. Une horde de Conquérants entourait le bâtiment, leurs armures scintillant faiblement dans la lumière blafarde.

– Maintenant, je sors ! cria Tembo sous elle.

Un instant plus tard, il marchait vers Samilia. Il avait l'air si petit de là-haut avec sa lance et sa cape verte devant ce mur d'épées, de boucliers et de lances. Samilia fit un pas vers lui, son sourire révélant ses dents atrocement pointues. Son lézard lui entourait le cou, tout aussi monstrueux et menaçant qu'elle.

– Enfin prêt à te rendre, voleur de chèvres ? Je suis sûre que mon donjon sera bien assez confortable pour toi.

Tembo haussa les épaules.

– J'espère. Vous avez des noix de coco pour Omika ? Il boit le jus le matin, et le reste, il le mange au déjeuner.

Le visage de Samilia se rembrunit.

– Lâche ton arme et rends-toi, mon garçon, sinon je l'arracherai à ton cadavre.

Les yeux violets de la panthère s'étaient posés sur son talisman, suspendu au cou de Samilia au bout d'une sangle en cuir. L'ambre du pendentif rayonnait dans les lueurs de l'aube. À l'idée que cette humaine partage son pouvoir en portant son talisman, la panthère fut submergée par une nouvelle vague de fureur. Samilia agrippait fermement son épée qu'elle maniait avec plus d'aisance encore grâce au talisman d'Uraza.

Tembo posa deux doigts sur ses lèvres et poussa un sifflement strident, déclenchant plusieurs explosions. Quatre départs de feu se déclarèrent autour du campement. Les Conquérants se précipitèrent dans la confusion vers les colonnes de fumée qui montaient de la palissade.

Alors Tembo tendit le bras. Un éclair d'énergie jaillit de son poignet et Omika apparut, droit sur l'épaule de Samilia. Il s'empara si rapidement du talisman que la jeune femme n'eut pas le temps de réagir. Uraza en fut sidérée. Tembo contrôlait son animal totem avec une précision impressionnante. Les deux partenaires avaient dû beaucoup s'entraîner pour maîtriser ainsi cette technique.

Omika retourna en toute hâte sur l'épaule de Tembo, avant que Samilia ne le touche avec son épée tranchante. Elle ne maniait plus aussi efficacement son arme sans le pouvoir du talisman. Le petit singe disparut dans un nouvel éclair éblouissant et, au moment où l'épée aurait dû le toucher, il s'affichait déjà sur la peau du voleur de chèvres. Le jeune garçon se saisit du talisman et Uraza bondit à ses côtés.

La panthère rugit de satisfaction. Elle pouvait enfin attaquer ses ennemis après plusieurs jours de poursuite. Les explosions les avaient déboussolés et avaient brisé leurs rangs. Elle fonça sur des soldats dispersés.

Les Conquérants tombaient les uns après les autres, fauchés par les coups furieux de la Bête Suprême. Elle laissa sa colère s'exprimer sur ses ennemis affolés et rugit victorieusement en voyant Samilia se replier derrière les boucliers de ses hommes.

Ce ne fut qu'au moment où les guerriers commencèrent à se reformer qu'Uraza prit conscience de l'absence de Tembo. Elle suivit son odeur à travers la fumée et le trouva gisant tout au bout du campement, une flèche plantée dans la jambe droite. Il tenait dans sa main le talisman, mais avec sa blessure, il ne pouvait opposer que peu de résistance à ses assaillants.

Les flammes qui s'élevaient de la palissade baignaient la scène d'une lueur orange. Les bâtiments à l'intérieur du fort prenaient également feu, les toits de chaume s'embrasant en premier.

Certains Conquérants couraient, mais Samilia avait réuni un large bataillon pour constituer un mur de boucliers. Ses dents scintillaient dans la lumière projetée par l'incendie tandis qu'elle ordonnait à ses soldats de se tenir prêts. Elle croisa le regard d'Uraza et la panthère fut surprise d'y lire un éclat de triomphe.

C'est alors qu'elle remarqua le lézard. Il se déplaçait comme de l'eau. Glissant sur l'enfant à terre, il lui arracha le talisman aussi facilement qu'une rivière emporte une feuille.

Uraza poussa un hurlement qui fit trembler le campement et se rua sur le reptile. Mais la bête avait déjà rejoint la cheffe des Conquérants quand Uraza arriva auprès de Tembo.

– Ils sont trop nombreux, lâcha le garçon, haletant de douleur. Et je n'arrive pratiquement

plus à bouger. Reprends ton talisman et enfuis-toi. Tu peux encore l'arrêter.

L'ennemi se refermait sur eux en un rideau d'acier. Derrière la ligne, Samilia savourait sa victoire. Uraza considéra ses chances de vaincre ses adversaires. Ses muscles se tendirent. D'un coup puissant, elle aurait pu briser le mur. Elle jeta un regard au courageux petit voleur de chèvres qui essayait de se redresser en s'appuyant sur une main, sa lance brandie dans l'autre.

Elle aurait pu récupérer son talisman, mais avec ses blessures, Tembo ne survivrait certainement pas.

– Non, petit guerrier, déclara-t-elle. Nous allons vivre tous les deux pour continuer ce combat ensemble.

Elle baissa sa croupe.

– Monte.

Tembo ne se fit pas prier : il sauta directement sur le dos de la panthère malgré sa jambe blessée.

– Accroche-toi, lui ordonna Uraza. Et si tu le racontes à qui que ce soit, je te mange et ton singe avec.

Elle sentit Tembo lui attraper la fourrure. Au moment où le mur de boucliers lança l'assaut, elle bondit en avant, percutant de plein fouet l'extrémité de leur ligne, et accéléra sa course dans une des rues du camp fortifié. Les flammes avaient consumé pratiquement toute la surface de la palissade ainsi que le portail. La chaleur de cette saison sèche avait favorisé la propagation rapide du feu.

Uraza évita les planches qui s'écroulaient et tous les Conquérants, les uns après les autres. Elle atteignit le trou par lequel ils étaient entrés, mais il était obstrué par des poutres et de la fumée.

La Bête Suprême et le garçon furent pris d'une violente quinte de toux, étouffés par les émanations toxiques.

– On doit trouver une autre issue, déclara Tembo.

– Ne me lâche pas, rétorqua Uraza en prenant encore de la vitesse.

Et d'un bond puissant, elle s'éleva dans les airs. Elle sentit que Tembo s'accrochait aussi fermement qu'il le pouvait, alors qu'elle survolait à présent les flammes et se brûlait les pattes.

La panthère continua sa route dans la savane, laissant la palissade éclairer le ciel derrière elle.

Ils retrouvèrent les autres autour de l'arbre foudroyé. Jinta retira la flèche de la cuisse de Tembo avec l'aide de Djantak et de ses compagnons. Un couteau chauffé dans du feu lui servit à nettoyer la plaie. Ensuite les humains s'installèrent autour des flammes, commentant le raid, leurs différentes mésaventures et les catastrophes évitées de peu. Même s'il affirmait qu'il aurait survécu de toute façon, Djantak n'avait réussi à s'échapper que grâce à une bûche tombée sur un groupe d'ennemis.

Uraza s'éloigna du cercle des résistants pour contempler la nuit de la savane. Elle avait perdu son talisman. Les humains célébraient leur assaut, mais la Bête Suprême avait l'impression qu'on lui avait arraché une partie d'elle pendant cette bataille. Elle regarda la lune disparaître à l'horizon.

Les Conquérants continueraient à affluer, elle en était sûre. Même s'ils avaient obtenu ce qu'ils voulaient, ce Roi Reptile ne s'arrêterait pas avant que tout le continent soit à sa merci. Le monde entier, peut-être. Elle avait vu leurs régiments quand elle se trouvait derrière les barreaux. Ils étaient bien trop nombreux. Même une Bête Suprême ne pouvait pas tous les tuer seule.

– Djantak a dit que je serais sur pied dans quelques semaines, annonça Tembo, appuyé sur un bâton en guise de canne pour rejoindre Uraza.

– C'est bien, répliqua la panthère.

En silence, ils observèrent une volée de hérons noirs traverser le ciel pour aller pêcher dans le lac salé du delta de la rivière Kwangani.

– Merci, finit par lâcher Tembo. Je ne sais pas pourquoi tu l'as fait, mais tu l'as fait. Tout ce que je peux te donner en échange maintenant, c'est ma gratitude et la promesse que je ne baisserai pas les bras. Je continuerai à chercher ton talisman. Je continuerai le combat.

Uraza baissa les yeux. Les promesses des humains... Mais peut-être que chez ce jeune garçon, elles avaient un sens.

– Nous avons reçu un message de nos alliés de l'Eura, continua-t-il.

Quand la panthère tourna la tête vers lui, il hocha simplement la tête.

— On raconte que le roi Feliandor du Stetriol est devenu fou et qu'il a le soutien des Bêtes Suprêmes. Ces Conquérants n'ont pas seulement envahi le Nilo, ils avancent dans tout l'Erdas. Nous devons nous battre aux quatre coins du monde. Une cargaison d'armes arrive au port de Tantego la semaine prochaine. Si nous arrivons à l'intercepter, la ville de Kalindi parviendra peut-être à résister pendant la saison des pluies.

— Alors c'est là-bas que tu vas, j'imagine, dit Uraza en se détournant de Tembo une nouvelle fois.

Même si elle n'en dit rien au jeune garçon, entendre que des Bêtes Suprêmes étaient du côté des pillards la bouleversait profondément. Cela faisait un moment qu'elle n'avait plus senti la présence de son voisin, Kovo.

— Nous y allons ensemble, corrigea Tembo. Je t'ai volée, maintenant tu m'appartiens. On en a déjà parlé.

— Je devrais te dévorer sur place, insolent, gronda Uraza.

Tembo haussa les épaules.

— Qu'est-ce qui te fait dire que tu remporterais le combat si on se battait ?

Uraza posa une patte immense sur le torse du garçon, appuyant sans ménagement. Tembo répondit par un rictus.

– Vous n'êtes qu'un groupe de chatons, gronda Uraza avant de se laisser glisser dans le sommeil. Sans moi, vous vous feriez tuer. Je ne voudrais pas donner à Samilia cette satisfaction.

Tembo sourit et caressa la panthère entre les oreilles. Les griffes d'Uraza sortirent par réflexe, mais elle devait bien admettre que c'était agréable. Elle aurait dû l'égorger d'avoir osé un geste pareil. Et pourtant, elle se mit à ronronner.

Il l'avait sortie d'un mauvais pas. Il aurait sacrifié sa vie pour qu'elle récupère son talisman de panthère, bien qu'elle n'eût jamais apporté son aide à ses semblables. Par conséquent, elle tolérerait son impertinence. Mais cette fois seulement.

Briggan

Le chef de la meute

Trébuchant sur une bûche renversée, Katalin poussa un nouveau juron, se reprochant l'inconscience qui l'avait mise dans cette situation. Après s'être retrouvée par mégarde dans le campement d'un Conquérant, elle avait réussi à s'échapper et courait depuis près d'une demi-heure.

Il était fort et grand, mais elle était plus rapide, et elle n'avait pas ménagé ses efforts. Avait-elle réussi à le semer ? Elle jeta un regard derrière elle. La pluie l'empêchait d'y voir clair, mais elle avait bien l'impression qu'elle l'avait distancé. Pas la peine de continuer sa course, d'autant qu'elle risquait d'attirer son attention en glissant sur des brindilles et des souches mouillées. Elle repéra un rocher escarpé sous lequel elle se faufila. Elle s'engouffra tout au fond de la cavité. Un instant plus tard, une ombre ondula dans la pluie et s'arrêta à côté d'elle.

S'essuyant les yeux, la jeune fille sourit à la forme noire qui remonta le long de sa jambe pour aller se loger sur son épaule. C'était Tero, son animal totem, un vison. Ils étaient liés depuis à peine un an, mais elle ne pouvait plus imaginer sa vie sans ce fidèle compagnon rusé et vif. Elle se frotta le visage contre son petit corps poilu pour se réchauffer le bout du nez.

La cape de Katalin était si trempée et tachée de boue qu'elle avait perdu sa jolie teinte verte. Elle était devenue aussi noire que le pelage de Tero. Personne n'aurait pu croire qu'elle faisait partie de la résistance. Et pourtant, elle n'était pas juste un des Marqués qui combattaient avec leurs animaux totems contre le Roi Reptile et ses Conquérants, elle participait même à une opération cruciale pour l'avenir de l'Eura qu'Adelle, une des cheffes de la résistance, lui avait confiée. En plongeant son regard

dans celui de Katalin, Adelle lui avait dit de trouver le loup Briggan, une des quinze Bêtes Suprêmes, afin de le convaincre de rejoindre leur cause.

Sans Briggan, ils n'avaient aucune chance de gagner la guerre. Si les Conquérants constituaient une véritable armée endurcie, dirigée par le Roi Reptile, la résistance était encore désorganisée et peu entraînée. Le Roi Reptile ou plutôt le Dévoreur comme l'appelaient Katalin et ses compagnons, parce que avec ses hommes, il dévorait tout sur son passage, le Dévoreur était un calculateur froid et cruel, et ses Conquérants étaient soutenus par deux des Bêtes Suprêmes les plus puissantes, le singe et le serpent. Adelle avait été très claire : sans Bêtes Suprêmes à ses côtés, la résistance ne survivrait pas.

Katalin s'installa confortablement, heureuse de pouvoir se reposer et rassembler ses pensées. Tero, en revanche, ne tenait en place que lorsqu'il dormait. Afin de tromper son ennui, il quitta l'épaule de Katalin et se mit à poursuivre des insectes invisibles. Il s'interrompit pour faire sa toilette. Katalin adorait le regarder jouer et se déplacer. Il avait toujours faim, même quand ils ne voyageaient pas dans des conditions extrêmes toute la journée, et il passait tout son temps libre à chasser. Elle l'avait vu tuer une variété impressionnante de proies, du petit poisson au grand oiseau.

Au début de leur association, Katalin avait des écorchures partout sur les mains. Tero adorait grignoter et il lui mordillait régulièrement les doigts. Heureusement pour elle, les autres Marqués lui avaient montré comment développer son lien avec lui. Grâce à eux, le petit animal avait appris à la respecter et à l'écouter. Pourtant, il avait fallu plusieurs mois à Tero pour se contrôler et encore maintenant, quand elle tendait la main vers lui, il lui arrivait de la mordre par réflexe. Elle le connaissait assez bien, à présent, pour sentir qu'il était honteux de lui avoir fait mal.

Dans un frisson, Katalin ferma les paupières. Elle faisait des cauchemars et dormait rarement des nuits entières, mais elle avait appris à faire de petites siestes pour retrouver des forces. Elle approchait de Briggan et aurait besoin d'être en forme pour l'affronter. Elle ne doutait pas qu'elle parviendrait à le retrouver, même si les Bêtes Suprêmes préféraient s'isoler. Avec la carte d'Adelle, elle se sentait confiante. Et son lien avec Tero l'avait rendue meilleure chasseuse.

Ce qui l'inquiétait, c'était ce qui se passerait lorsqu'elle le rencontrerait.

Si quelqu'un était capable de transformer leur groupe de rebelles en une armée de Capes-Vertes, c'était bien lui. Connu sous le nom de Chef de la Meute, physiquement imposant et robuste, Briggan, comme tous les loups, était un animal social et ne voyageait jamais seul. On disait de lui que partout où il allait, une grande horde de bêtes féroces et fidèles le suivait. La résistance espérait que Briggan utiliserait son don de meneur pour rassembler et inspirer les alliés de Katalin dispersés dans le pays.

Adelle avait tout expliqué à Katalin avant qu'elle parte.

– Tu trouveras Briggan sur les Monts de Granit. Tu le reconnaîtras immédiatement, crois-moi.

Bien évidemment, comme toutes les Bêtes Suprêmes, Briggan était immense, et on disait qu'il avait des yeux d'un bleu cobalt hypnotisant.

– Il dégage une puissance hors du commun. Tu devras lui témoigner le respect qu'il mérite, mais sans te rabaisser. C'est son caractère dominant qui rend pour nous son ralliement si précieux. S'il accepte de mener nos troupes en les réunissant autour de lui, alors le cours de la guerre pourrait changer.

Changer le cours de la guerre... Katalin aimait se répéter cette phrase et elle aimait encore plus l'idée d'y contribuer.

Pourtant, même si elle espérait qu'Adelle avait raison et que le grand loup accepterait de les aider, c'était une bête sauvage et sa meute ne l'était pas moins.

Katalin sentit une caresse soyeuse sur sa joue et sourit en pensant qu'il s'agissait de la queue de Tero. Où que le mènent ses jeux et ses explorations, il revenait toujours vers elle.

Soudain, un violent pincement sur son cou la fit sursauter et elle faillit se cogner à la pierre au-dessus de sa tête.

Deux petites lueurs scintillaient devant Katalin. Quand elle plissa les yeux pour distinguer ce qui l'avait piquée, une créature volante l'attaqua. Elle ferma les paupières afin de se protéger les yeux, juste après avoir aperçu une chauve-souris au regard maléfique. L'intruse s'en prit de nouveau à son cou. La jeune fille tenta de la repousser avec la main, mais la bête l'évita d'un battement d'ailes.

Katalin sentit du sang couler le long de sa nuque. Elle s'accroupit dans la terre et examina son assaillante. Qu'est-ce qu'un animal nocturne faisait là en plein jour ? Et pourquoi s'en prenait-elle ainsi à elle ? Elle devait appartenir au Conquérant à ses trousses.

La chauve-souris se rua de nouveau sur la jeune fille, lui ébouriffant les cheveux et lui picotant les yeux.

Tero se précipita au secours de son humaine, essayant de déloger la sale bête. Katalin fit de son mieux pour garder son calme, mais la bataille qui avait lieu sur sa tête lui arracha un hurlement de colère.

De toute façon, son cri ne changerait rien à la situation : si la chauve-souris était vraiment l'animal totem du Conquérant, ils l'avaient déjà repérée.

Après quelques échanges de coups de griffes et de morsures, Tero atterrit à côté de Katalin, la

délivrant de son assaillante qui venait de lui arracher une touffe de cheveux.

— Merci, Tero, dit la jeune fille en se frottant le crâne. Enfin, je crois...

Le vison leva des yeux malicieux vers elle. Il était futé, doté d'un instinct exceptionnel et d'une intelligence vive, mais elle n'aurait su dire s'il comprenait le sérieux de leur situation. Il semblait incapable de prudence. Le danger le stimulait et Katalin prenait souvent trop de risques à cause de lui.

— Il faut qu'on parte d'ici, déclara-t-elle, pressante. Maintenant.

Elle déposa une lourde pierre sur l'aile de la chauve-souris pour l'empêcher de s'envoler, mais en prenant garde de ne pas la blesser. Même si elle appartenait à un Conquérant, Katalin n'avait pas le cœur de lui faire du mal.

Katalin et Tero se remirent en marche. Elle sentait la légèreté de son vison l'envahir, ce qui lui permit de sauter plus facilement par-dessus les rochers et d'esquiver les branches basses. Juste au moment où elle pensait pouvoir souffler, un homme sortit brusquement d'un fourré et se planta droit devant eux, une massue dans les mains, en position de combat. Ses gros sourcils broussailleux remontaient sur son front, pareils à des ailes de chauve-souris. Katalin vit tout de suite le tatouage sur son bras. Il avait rappelé sa méchante bête à sa forme passive.

— Salut toi, grommela-t-il. Ça fait quelques heures que je te cours après. Et par cette journée pluvieuse, je serais vraiment mieux devant mon feu de camp.

Katalin haussa les épaules.

— C'est vrai, tu risques de prendre froid, se moqua-t-elle.

Le Conquérant allait lui assener un coup de massue, mais elle réagit rapidement, se baissant juste à temps. Dans l'élan, l'arme s'écrasa sur un tronc et tomba des mains du guerrier.

— Mako ! Viens vite, j'ai trouvé la fille ! hurla-t-il.

Katalin n'attendit pas d'en entendre davantage. Elle partit en trombe. La terreur raviva en elle d'anciens souvenirs qui se mêlaient au présent, la plongeant dans la confusion. Son cœur battait si fort qu'il couvrait tous les sons extérieurs. Heureusement, quand Tero monta sur son épaule, son assurance lui apporta un torrent d'exaltation.

Elle put alors se concentrer sur ce qui l'entourait : les pas derrière elle, la pluie, le vent dans les arbres. Et le grondement puissant d'une rivière.

Elle jeta un regard à Tero et la lueur dans ses yeux confirma ce qu'elle pensait.

Tournant vers la droite, elle suivit le bruit. Elle se faufila entre les buissons et les branches, s'efforçant de ne pas glisser. Quand le terrain descendit en pente raide, elle perdit l'équilibre et dérapa jusqu'à un promontoire en pierre. La rivière coulait loin en dessous. Katalin plaqua lourdement son corps contre le sol. Elle parvint à s'arrêter juste à temps. Il s'en était fallu de peu qu'elle tombe dans le précipice.

Ses genoux étaient sales et écorchés, mais elle était saine et sauve. Elle prit un instant pour regarder autour d'elle et réfléchir à un plan.

La pluie battante avait fait monter le niveau de l'eau. Au moins, ils n'atterriraient pas sur les rochers. Seulement, le courant violent pourrait les emporter sous la surface telles des mains invisibles. Tero et Katalin étaient d'excellents nageurs, il fallait qu'ils prennent ce risque, pour échapper à leurs poursuivants.

Katalin prit une grande inspiration et plongea avec Tero. La rivière, incroyablement froide, les happa avant de les propulser en avant, les secouant comme des dés qu'on mélange.

Sur la rive, les feuilles frémirent. La forêt humide se referma à l'endroit où ils avaient disparu, recouvrant le terrain humide et effaçant ainsi la trace de leur passage.

Katalin se réveilla en sursaut.

La jeune fille et son vison avaient passé une nuit très désagréable. La rivière leur avait permis d'échapper aux Conquérants, mais Katalin en ressortit trempée. Contrairement à Tero dont le pelage sécha rapidement, elle passa une nuit affreuse à grelotter. Au petit matin, quand la pluie cessa, elle avait réussi enfin à sombrer dans un sommeil agité et peuplé de cauchemars.

Elle avait beau essayer de bloquer ses souvenirs, son esprit retournait vers son passé, tel un prédateur qui rôde. Dans ses rêves, elle revenait à son village.

Elle avait grandi dans l'est de l'Eura, la partie du pays la plus proche du Zhong, la plus proche des

Conquérants. Ils avaient commencé par envahir le Zhong et le Nilo. Ensuite, ils avaient marché sur l'Eura. Ils avaient d'abord envoyé des navires en éclaireurs pour se faire une idée de l'opposition qu'ils rencontreraient. Ils ne bénéficiaient plus de l'élément de surprise qui leur avait permis de vaincre le puissant Zhong, mais constatèrent vite que l'Eura manquait d'organisation et de puissance pour résister.

Alors qu'elle travaillait dans les champs avec sa famille, elle avait senti de la fumée. Sûrement un incendie déclenché par une bougie dans une étable, une cheminée laissée sans surveillance... Tous les paysans avaient foncé en ville afin d'apporter leur aide. Le feu était une calamité, mais une calamité qu'ils connaissaient. Arrivés sur place avec leurs seaux d'eau, ils avaient été attaqués par des guerriers, dont la mission était de semer la destruction et la désolation dans l'Eura.

Son rêve s'achevait en général ainsi, le choc de cette découverte la réveillant. Mais la nuit dernière, le cauchemar s'était prolongé, ponctué de cris de désespoir et de pleurs endeuillés. Katalin pensait même avoir entendu la voix de son père résonner

affreusement à ses oreilles. Une voix qu'elle ne lui avait jamais connue avant ce jour...

Mais quelque chose l'avait tirée de son sommeil. Son imagination ou un mouvement dans la nature ? Le son était-il issu de ses rêves ou de la réalité ? Elle se redressa avec peine et s'habitua à la lumière du jour. Les Conquérants l'avaient-ils de nouveau retrouvée ? Elle aurait perçu le battement d'ailes des oiseaux qui s'envolent à l'approche d'un intrus. Son instinct lui soufflait qu'ils n'étaient pas là. Elle se détendit et coiffa ses cheveux ébouriffés en une tresse serrée.

Ses cauchemars empiraient. Ils hantaient ses nuits depuis que son village avait été dévasté, et devenaient de plus en plus réels à mesure qu'elle approchait de Briggan. Adelle lui avait expliqué que toutes les Bêtes Suprêmes avaient de grands pouvoirs, et que Briggan, en plus d'être un chef de meute, avait le don d'aiguiser les sens. On disait qu'il pouvait même donner des visions. Un aperçu du futur.

Eh bien, ce n'était pas ce qui lui arrivait, songea-t-elle, grincheuse. Elle aurait adoré lire l'avenir et

savoir à quoi s'attendre. Mais c'était le passé qui la rappelait.

Essayant de chasser le mauvais sentiment que lui avait laissé son rêve, Katalin chercha autour d'elle des repères. Sa carte avait pris l'eau mais, heureusement, la jeune fille l'avait mémorisée. La rivière l'avait déposée au pied d'une petite colline. Elle savait que derrière cette colline, vers le nord, s'étendait une plaine et ensuite, les Monts de Granit où Briggan et sa meute étaient censés habiter.

Katalin décida de se mettre immédiatement en route. Pour le moment, les Conquérants la prenaient juste pour une petite Marquée imbécile, tombée par hasard dans leur campement. Ils s'étaient amusés à la pourchasser, mais maintenant qu'elle leur avait filé entre les doigts, ils n'insisteraient pas. Si en revanche ils comprenaient l'importance de sa mission, ils la tueraient immédiatement. Tero prit sa forme passive et elle partit vers le nord, ses bottes couinant dans la boue.

Perdue dans ses pensées, la jeune fille ne vit pas le temps passer. Vers midi, elle se dit qu'il était temps de faire une pause. Ses jambes lui faisaient mal d'avoir escaladé la pente boisée. Comme le soleil brillait fièrement, elle en profiterait pour faire sécher ses affaires. Elle mangerait, se reposerait, et se remettrait en marche à la faveur du crépuscule.

Elle trouva une petite clairière ensoleillée assez spacieuse où installer sa tente. Tero réapparut dans un éclair quand elle martela les pitons dans la terre tendre. Elle lui décocha un regard sévère.

– C'est bien ton genre, ça. Tu prends ta forme passive quand il s'agit de marcher et dès que tu trouves un terrain de jeu, te revoici.

Tero enroula son petit corps autour de ses chevilles comme pour s'excuser.

– Oui, je suis sûre que tu es désolé.

Et le vison, distrait par le bruit d'un grattement dans les arbres, fila à la poursuite d'une silhouette d'écureuil ou d'oiseau.

– Merci beaucoup ! lança Katalin. Super travail d'équipe !

Parfois elle regrettait que son animal totem soit si farouchement désinvolte.

Une fois la tente montée, elle sortit de son sac ses provisions et les plaça en hauteur sur un arbre, afin d'empêcher d'éventuels petits voleurs de s'en emparer.

Puis elle étendit ses vêtements sur des branches, sous les rayons caressants du soleil. Enfin, elle s'assit dans l'herbe avec un morceau de bœuf séché, et profita de la douceur du jour, l'oreille tendue vers les bruits de la forêt. Avec un peu de chance, le reste de sa mission serait aussi tranquille que cet instant.

Et juste avant d'entendre un hurlement solitaire, elle le sentit, tel un filet d'eau froide qui lui glaça le sang et lui donna la chair de poule. Après une longue pause, l'appel reçut une, deux, trois réponses. La colline vibrait de cris perçants.

Aussitôt, Tero accourut vers Katalin, les poils hérissés. Le cœur de la jeune fille fondit quand elle vit son petit compagnon prêt à la défendre devant des loups furieux.

Ce devait être la grande meute. Ils étaient puissants et dangereux, mais elle ne pouvait pas les éviter : elle devait au contraire s'enfoncer dans leur territoire afin de retrouver Briggan.

Leurs cris étaient à l'évidence des avertissements. *Ne t'approche pas*, lui disaient-ils. *Va-t'en.*

Briggan savait qu'elle était là.

Après s'être reposée, Katalin fit son sac et s'engagea sur un sentier en pente qui serpentait jusqu'en bas de la colline. Tout au long de la descente, le soleil couchant inondait les arbres d'un éclat orangé. Malgré la beauté de la scène, la lumière rappela à Katalin les flammes dans sa ville... Elle se força à revenir au présent, à ce paysage dominé par la Grande Meute, comme le lui rappelaient sans répit les hurlements des loups.

L'ombre de la colline s'étendait à présent sur une partie de la vallée. Des geais colorés picoraient des baies et chantaient joyeusement dans les derniers rayons de soleil.

Et soudain elle aperçut une petite cabane.

Katalin n'aurait pas imaginé qu'on puisse habiter dans les bois du nord. Il n'existait aucune grande ville ni même un village à des kilomètres à la ronde. Cependant, il n'y aurait rien eu d'étonnant à ce qu'un fermier ou un berger solitaire s'installent ici par choix, loin de la civilisation.

La jeune fille avait l'impression de ne plus avoir parlé à personne depuis des siècles. Elle se dirigea vers la cabane. Peut-être son propriétaire accepterait-il de l'héberger pour la nuit, et peut-être même lui donnerait-il des conseils quant à la manière d'aborder Briggan. Bien sûr, elle devrait se montrer prudente et surtout ne pas baisser sa garde.

Tero lui mordit la chaussure pour attirer son attention. Elle le suivit du regard alors qu'il partait en courant, revenait vers elle, et repartait de nouveau, sans la lâcher des yeux. Elle comprit ce qu'il voulait.

— D'accord, acquiesça-t-elle. Tu y vas en éclaireur et tu me dis si la voie est libre.

Il leva la tête, prêt à bondir. Mais avant qu'il ne s'élance vers la cabane, Katalin ajouta en prenant son air le plus sévère :

— Tero, jette juste un coup d'œil. Et reviens tout de suite après. Ne t'attarde pas.

Et le vison bondit à travers la vallée.

La jeune fille avança lentement, soucieuse de rester discrète. Quand elle fut assez proche de la maison, elle s'assit contre un arbre pour attendre Tero.

Elle attendit... Le soleil disparut derrière les collines. Inquiète, elle tenta de s'ajuster à la pénombre.

Le vison aurait déjà dû revenir. Où était-il? Avait-il des ennuis? Et si un ogre l'avait attrapé pour en faire un ragoût?

Après quelques minutes encore, Katalin décida d'aller voir par elle-même, au mépris du danger.

Elle s'efforça de rester tapie dans l'ombre. Elle vit quelques poulets derrière une clôture. La cabane n'était plus très loin. S'approchant sur la pointe des pieds, elle tendit l'oreille, mais à part le caquètement de la volaille, elle n'entendit rien.

Sans Tero, elle eut du mal à rassembler le courage nécessaire pour affronter l'occupant des lieux. Elle aurait eu besoin de la curiosité espiègle et des avertissements discrets de son vison. Sans lui, elle se sentait affreusement seule, comme avant qu'ils soient liés l'un à l'autre, avant de rejoindre la résistance. Elle était alors une fille sans maison, sans famille, dont l'unique compagne était une peur si envahissante qu'elle ne laissait plus place à rien d'autre.

Tero était déjà sans doute à l'intérieur. Peut-être était-il en danger. Il fallait qu'elle trouve la force en elle.

Le poing serré sur son petit couteau, elle traversa la cour en terre et, le plus silencieusement possible, elle regarda par la fenêtre.

Dans la lumière du feu de cheminée, elle vit une silhouette qui retenait Tero au sol.

Dans la seconde qu'il lui fallut pour bondir et hurler « eh ! » de sa voix la plus intimidante, elle remarqua qu'il s'agissait d'une vieille dame... en fait, elle caressait le ventre de son vison.

Allongé sur le dos, langue pendante, le mustélidé semblait parfaitement détendu tandis que la femme le câlinait exactement comme il aimait. Après le soulagement, c'est une vague de colère qui submergea Katalin. Petit traître !

Les yeux vifs de Tero se posèrent sur elle. Il prit un air désolé. La vieille dame suivit son regard et adressa un sourire à Katalin.

– Tu dois être l'humaine de ce petit mignon, lança-t-elle. Entre donc.

La voix de la femme lui parvenait à travers la vitre. À contrecœur, Katalin essuya la saleté sur ses genoux et passa la bandoulière de son sac sur son épaule avant de faire le tour de la maison vers la porte.

Quand Katalin entra, la vieille dame se redressa dans un bruit de craquement d'os et accueillit la jeune fille en la prenant dans ses bras. Elle avait des cheveux gris coupés court et sentait bon la cannelle. Rien à voir avec l'ennemi féroce que Katalin s'était attendue à voir.

– Je suis Milena, bienvenue chez moi. Puis-je te servir un bol de soupe ? Je n'ai pas grand-chose de prêt, je ne mange pas énormément moi-même, mais j'ai de la soupe.

– Non, merci. Je n'ai pas...

– Très bien, l'interrompit la femme sans l'écouter. Je te prépare ça tout de suite. Ça ne te fera pas de mal de te remplir la panse.

– Je...

– Et c'est ton animal totem, n'est-ce pas ? Ne t'inquiète pas, tu n'as pas à me faire des cachotteries. Je savais que tu viendrais, déclara-t-elle avec un clin d'œil.

Tero, pendant ce temps, se frottait à la cheville de Katalin pour se faire pardonner. Elle le repoussa du pied, encore furieuse. Elle s'était fait un sang d'encre pour lui, sans aucune raison !

– Tu es à la recherche de Briggan ? demanda soudain Milena.

Elle s'arrêta de remuer la casserole sur le poêle pour regarder attentivement Katalin.

– En effet. Comment le savez-vous ?

– Je le sens... tu veux retrouver le grand loup. Tout en toi est à l'affût...

Elle goûta la soupe avec un doigt.

– C'est prêt !

Elle poussa Katalin vers une chaise et mit devant elle un grand bol.

– Mange, je t'explique.

Alors qu'elle avalait le liquide chaud et parfumé, Tero se roula en boule sur ses jambes. Elle ne le repoussa pas, mais ne lui témoigna aucune gentillesse.

– Tu dois penser que je suis bavarde, mais tu verras, je me retrouve vite à court de mots. C'est juste que je n'ai plus revu personne depuis très long-temps, alors j'ai de la réserve. Je suis venue ici pour fuir les gens... j'aime le calme, la solitude... mais je n'imaginais pas le pouvoir que Briggan aurait sur moi. Tu as sûrement entendu dire qu'il faisait surgir des visions chez ceux qui l'entouraient.

Katalin hocha la tête.

– Eh bien, c'est vrai. Plus même que ce que disent les rumeurs. Briggan aiguise les sens. Grâce à lui, on peut avoir l'explication de ses rêves. J'ai tenté de revenir vivre parmi les hommes, mais j'en avais trop vu. Il m'a été impossible de faire comme si je ne savais pas ce qui arriverait. J'avais un sens en plus, je ne pouvais pas l'ignorer. On m'a prise pour une folle. Les visions de l'avenir que le loup apporte ne sont pas figées, elles peuvent changer, les catastrophes et les drames auraient pu être évités, mais personne ne voulait m'écouter, personne n'acceptait mon aide. Alors j'ai dû partir. Revenir ici.

Elle posa une main ridée sur le bras de Katalin.

– Je suis sûre que tu as ressenti un changement en toi à mesure que tu approchais des Monts de Granit. N'aie pas peur. Ce n'est pas pour rien que tu vois ce que tu vois, même une image du passé peut être un aperçu du futur, que tu finiras par comprendre.

Milena s'arrêta de parler, interrompue par le flot de ses pensées. Ensuite, elle confectionna un lit pour Katalin et Tero avec une pile de couvertures. Quand ils furent allongés, blottis l'un contre l'autre, la

vieille dame éparpilla quelques branches de lavande parfumée autour d'eux.

– Pour adoucir votre sommeil, expliqua-t-elle. Une nuit de repos sans rêves, c'est tout ce que je peux offrir. Ensuite, tu devras faire le tri dans tes souvenirs, comme nous tous.

Katalin ne se rappelait pas avoir déjà mieux dormi.

Le lendemain matin, après s'être séparés de Milena, Katalin et Tero quittèrent la cabane, prêts pour une autre grosse journée de marche. Cette fois, leur route les conduirait en haut des Monts de Granit. Le terrain devenait de plus en plus difficile. Il y avait de moins en moins d'arbres.

Contrairement à Adelle qui n'avait su lui dire précisément où Briggan se trouverait, Milena avait donné à la jeune fille tous les détails nécessaires. Elle savait maintenant, par exemple, que le grand loup avait fait de la colline la plus élevée son repaire, même si rien ne garantissait quand elle l'y verrait.

La vieille dame lui avait également donné une petite poche remplie à ras bord de romarin odorant.

— Pour les souvenirs, lui avait-elle confié en
frottant quelques feuilles entre ses doigts, libérant
ainsi le parfum puissant.

Katalin espérait atteindre rapidement son objectif,
mais, après toute une journée à guetter les empreintes
de pas, elle ne vit aucune trace du grand loup. Les
hurlements de sa meute résonnaient plus souvent
à présent. Ceux qui les poussaient semblaient plus
proches que jamais, même s'ils restaient invisibles.

Après s'être installée pour la nuit, Katalin ouvrit
son sac de romarin et respira l'odeur rafraîchissante.
Elle ne comprenait pas vraiment ce que Milena
voulait dire à propos des souvenirs, mais ce parfum
lui rappelait des jours plus heureux. Des repas
chauds savourés dans sa maison. Elle s'endormit tôt
et profondément.

Et elle fit un nouveau rêve.

Elle était avec Lizabeth, sa meilleure amie. C'était
le festival du Printemps, la fête préférée de Katalin.
Elles traversaient la ville main dans la main, ravies
par l'ambiance et les décorations. Partout, des drapeaux bleus géants cousus à l'effigie de Briggan
volaient fièrement dans le vent.

Selon la tradition locale, les gens pendaient à leurs portes des guirlandes de pop-corn trempé dans du sucre, du chocolat ou du beurre : symbole de la naissance, de l'émergence de la douceur après un long hiver rigoureux. Et en plus, c'était délicieux. Tous les enfants de la ville faisaient des bonds pour s'en régaler.

Katalin et Lizabeth couraient de porte en porte, jetant des regards furtifs à travers les fenêtres afin de voir qui préparait la plus grosse fête. Elles apercevaient des dindes rôties, des plateaux de pommes cuites, des bols de choux et de légumes variés...

Quand Katalin se tourna vers son amie, elle la vit couverte de chocolat et éclata de rire.

Alors qu'elles gambadaient gaiement, le vent se leva. La douce brise laissa place à des bourrasques violentes. Katalin ne le remarqua pas tout de suite, trop hilare pour se préoccuper du temps, mais Lizabeth la tira par le bras en ouvrant de grands yeux effrayés. Katalin se calma instantanément. Elle n'entendait plus que les rafales.

Le vent agitait les drapeaux, arrachait les feuilles des arbres. Il devenait de plus en plus fort, avalait la ville...

Katalin se réveilla en sursaut.

Le rêve lui avait paru si réel !

Comme toujours. L'espace d'un instant, elle se crut revenue chez elle. Et comme chaque fois, elle se rappela qui elle était désormais : une fille sans maison, sans famille, sans meilleure amie. Avec le ventre vide et une mission cruciale à remplir. Katalin repensa à ce que Milena avait dit. Briggan apporte des éclaircissements sur les rêves, même les images du passé peuvent être des visions du futur. Super ! Devait-elle comprendre que son avenir lui promettait autant de destruction qu'elle en avait déjà connu ?

Elle s'assit et passa la tête en dehors de sa tente. Elle vit alors l'état de son campement : entièrement retourné.

Le souffle court, elle constata les dégâts. Les sacs posés par terre avaient été pillés, leur contenu répandu partout dans la clairière. Ses provisions, pourtant accrochées en hauteur sur les branches, avaient disparu. Des restes étaient encore visibles au pied du tronc. Il y avait des empreintes d'animaux sur le sol.

Elle baissa les yeux vers son tatouage. Bien sûr, Tero avait pris sa forme passive, juste quand elle aurait eu besoin qu'il inspecte les lieux.

Katalin n'était pas blessée. Sa tente avait échappé au carnage et personne ne s'en était approché.

Elle s'accroupit et inspecta la lisière de la clairière.

Et dans l'ombre, elle distingua la silhouette sombre d'un animal. Un loup. Aux poils hérissés. Il poussa un hurlement qui fit vibrer tout le corps de Katalin.

— Eh! hurla-t-elle en se ruant hors de sa tente sans réfléchir à ce qu'elle faisait.

Aussitôt, l'animal fit demi-tour et disparut dans les bois.

Parti. Comme toutes les affaires de la jeune fille.

Il ne lui restait que l'avertissement clair des loups et de Briggan lui-même. *Ne t'approche pas.*

Pourtant, Katalin ne pouvait se permettre d'écouter ce message et de faire marche arrière.

Plus ils avançaient sur les Monts de Granit, plus les hurlements et les aboiements des loups devenaient fréquents. Tero ne s'éloignait plus de Katalin à présent. Même s'il ne semblait pas apeuré, elle sentait bien qu'il n'était pas rassuré. Bien évidemment, l'instinct du petit animal lui soufflait de fuir cet endroit hostile.

Un après-midi, alors qu'ils gravissaient une pente rocailleuse, une plainte retentit. Katalin se tourna pour voir si Tero l'avait également entendue. Il était pétrifié, les oreilles dressées. Le gémissement n'avait pas échappé à son ouïe fine.

– On va voir ce que c'est ? demanda tout bas la jeune fille à son vison.

Tero l'accompagna en direction du son, qui semblait provenir d'un animal blessé. Et soudain Katalin se figea.

Des voix d'humains.

– Il n'a pas l'air si féroce, disait un homme.

– Pour l'instant, non, répondit une femme. Mais tu verras.

L'animal poussa une série de jappements.

Katalin observait la scène cachée derrière un gros tronc. Un loup était pris dans un piège. Il ne semblait pas blessé, juste coincé.

Autour de lui, à une distance raisonnable, se tenaient deux hommes et une femme. Un des hommes avança vers le loup et le frappa. L'animal montra les crocs et tenta de se jeter sur son agresseur, mais ce dernier recula trop rapidement. Le mouvement resserra encore les cordes sur la pauvre bête qui aboya de peur et de rage.

Les loups menaçaient Katalin depuis son arrivée dans les Monts de Granit, si bien qu'elle avait fini par les prendre pour ses ennemis et par oublier la raison de sa mission. Pourtant, elle avait beau être en colère contre eux, jamais elle n'avait souhaité les voir dans une situation pareille.

Elle ne distinguait que très partiellement les humains entre les arbres, mais celui qui avait donné le coup lui semblait familier. Il leva la tête et elle vit son visage plus clairement. Aucun doute, c'était le Conquérant qu'elle avait semé quelques jours plus tôt. Elle repéra également sa chauve-souris au-dessus de sa tête. La jeune fille devrait se montrer très prudente car avec son ouïe développée et sa position élevée, le chiroptère pouvait la remarquer.

Katalin remarqua un autre animal dans la clairière, un renard, qui marchait en rond dans l'herbe. Son expression semblait inhabituelle. À l'instar des animaux totems, il avait un regard particulièrement vif, mais bien plus sombre. Elle n'aurait su dire s'il appartenait à la femme ou à l'autre homme.

Le guerrier à la chauve-souris avança de nouveau vers la bête piégée.

– Ce loup serait un bon partenaire pour toi, Mako, dit-il à son compagnon. La Bile te liera à lui et il fera tout ce que tu veux. Tu pourras l'appeler à sa forme passive sans aucun entraînement. Et à sa forme active, il sera sanguinaire, ça se voit dans ses yeux.

Katalin ne lisait dans le regard du loup que la terreur et le désespoir. Cette Bile dont l'homme parlait, de quoi s'agissait-il?

Le dénommé Mako avait l'air un peu plus jeune.

– La Bile le forcera à m'obéir? demanda-t-il d'une voix nerveuse. Bien qu'il fasse partie de la Grande Meute de Briggan?

– C'est toute l'idée! intervint la femme, exaspérée. C'est avec ce loup qu'on veut te lier! Notre armée a déjà récupéré le talisman en argent de Briggan. Il est en route vers le Roi Reptile. Pourquoi penses-tu que nous sommes restés ici?

– Sûrement pas pour que tu te débines maintenant, permets-moi de te le dire, grommela l'homme à la chauve-souris, sur le ton irrité que lui connaissait Katalin.

– Tais-toi, Ugron! gronda la femme en direction du Conquérant.

Elle s'accroupit devant le renard qui accourut vers elle. Katalin comprit qu'il lui appartenait. Mais elle trouva étrange la façon de réagir de l'animal. Elle ne reconnut pas dans son comportement la loyauté que Tero lui témoignait.

La femme continua sur un ton glacial:

– Les loups ne peuvent en général pas être invoqués en tant qu'animaux totems. Qu'on parvienne à soumettre un des membres de la Grande Meute de Briggan serait une sacrée défaite pour lui. Contrairement à Uraza et Jhi, il s'estimera vaincu et ne cherchera pas à récupérer son talisman.

— Ce sera un message fort pour toutes les Bêtes Suprêmes. Elles comprendront qu'on est plus forts qu'elles ! s'exclama Mako.

— C'est exactement ce que je viens de dire, s'impatienta la femme, méprisante.

Elle tendit un long bras. Même de là où elle se tenait, Katalin vit qu'il était couvert de cicatrices. Elle s'était apparemment souvent battue. Dans un éclair, le renard s'afficha en un tatouage rouge autour de son biceps.

Katalin réfléchit rapidement. Le Roi Reptile était celui que la résistance des Marqués appelait le Dévoreur. Il était le chef des Conquérants, celui qui avait envoyé son armée sur le Zhong, à travers le Nilo et jusqu'aux frontières de l'Eura. C'était lui qui avait donné l'ordre de piller et de brûler son village.

Et étonnamment, les soldats de son armée avaient tous des animaux totems. Personne ne comprenait comment c'était possible. Leur résistance ne comptait que très peu d'individus, justement parce que rares étaient ceux qui parvenaient à invoquer un animal totem, et, parmi les heureux élus, tous ne se laissaient pas convaincre de prendre les armes contre l'envahisseur. Alors comment le Roi Reptile, sur son continent relativement petit, avait-il réussi à réunir une si grande armée de Marqués ? La Bile y était-elle pour quelque chose ? Katalin contempla avec une attention redoublée le groupe réuni autour du loup.

— Tu es prêt ?

— Oui, répondit immédiatement le jeune homme. Ça fait mal ? ajouta-t-il, hésitant.

— Tu es un soldat, déclara Ugron avant de cracher par terre. Ou alors tu as juste pris l'uniforme ?

— Le goût de cette potion fera passer les rations de l'armée pour des bonbons, répliqua la femme. Mais je ne crois pas que tu aies le palais si raffiné. Bois !

Elle sortit un flacon de sa ceinture et le donna à Mako. Il le souleva vers la lumière. Le liquide à l'intérieur était boueux et gras.

Katalin devait intervenir. Elle toucha le manche de son couteau. Mais même avec Tero et sa lame mortelle, elle ne ferait pas le poids devant trois Conquérants et deux animaux totems.

Mako déboucha la bouteille et renifla son contenu.

– Ça sent vraiment mauvais, se plaignit-il en la refermant, le nez froncé de dégoût. On dirait une odeur de vieilles ordures.

Katalin échangea un regard avec son vison. Il était prêt à passer à l'action, elle sentait son impatience. Ils n'avaient pas le temps d'élaborer un plan. D'une seconde à l'autre, Mako pouvait trouver le courage de boire la Bile et Katalin n'avait aucune envie de voir ce qui se passerait après.

Elle posa une main sur le dos de Tero. Elle sentit l'énergie électrique qui irradiait de son pelage de velours. La colère qu'elle ressentait face au traitement infligé au loup se canalisa pour lui insuffler une force presque joyeuse. On aurait dit une lance enflammée qui brûlait en elle les peurs et les doutes et procurait à son cœur exaltation et rapidité.

À cet instant, elle se rendit compte qu'elle et son vison avançaient côte à côte vers la clairière.

Tero marchait droit sur Mako et sauta, toutes griffes dehors, vers la bouteille qu'il tenait dans les mains. Il la lui fit lâcher et Katalin faucha les jambes de la femme balafrée dans une glissade contrôlée. La Conquérante s'écroula lourdement.

Heureusement, son animal totem était encore dans sa forme passive et le choc l'empêcha de le rappeler immédiatement.

Katalin se figea, couteau brandi. Jamais elle n'avait fait de mal à un être humain. En était-elle seulement capable ? À son grand soulagement, la femme l'ignora, trop pressée de reprendre la bouteille de Bile qui roulait sur le sol. Comme Mako, Tero et la femme se précipitaient tous dans la direction opposée, Katalin saisit sa chance. Légère et rapide, esquivant le Conquérant qui se ruait sur elle, elle s'élança vers le loup qui jappait furieusement.

Katalin avait peur de s'approcher trop près de lui, sa rage justifiée contre les humains risquait de se retourner contre elle, mais elle n'avait pas le choix. Elle entreprit de scier la corde épaisse qui emprisonnait la bête.

Ses sens aiguisés lui permirent de sentir le corps massif d'Ugron qui arrivait par-derrière. Elle fit volte-face, son couteau pointé sur lui. Il tenait sa massue dans une main, prêt à lui en assener un grand coup. Le modeste canif de la jeune fille semblait ridicule à côté de cette arme. Katalin était

sûre que c'en était terminé pour elle. Et soudain, elle aperçut un mouvement au-dessus de sa tête. La chauve-souris !

Puisant dans l'instinct de chasseur de Tero, elle attrapa la bestiole et la plaqua contre sa poitrine, la menaçant de sa lame.

– Arrête tout de suite ! hurla-t-elle d'une voix ferme malgré la peur et l'adrénaline.

L'homme se figea, sa massue levée dans les airs.

– Pose ton arme. Si je te vois la baisser, je l'éventre.

– Allons, petite fille, lâche-la. On est bien plus nombreux que vous, ne faites pas les malins, rendez-vous et nous aurons pitié de toi et de ta moufette.

Katalin appuya la lame plus fort sur la chauve-souris, qui poussa une plainte de terreur. Son petit cœur battait la chamade contre sa paume.

– D'accord, d'accord !

L'homme baissa lentement sa massue, la posa sur le sol et l'écarta d'un coup de pied.

– Plus loin ! ordonna Katalin.

Il obéit.

Katalin tourna autour du loup tout en faisant en sorte de garder l'homme dans son champ de vision, et se remit à scier la corde sans lâcher la chauve-souris. Seulement dès qu'elle éloignait son couteau, l'affreuse petite bestiole s'agitait furieusement en lui mordant la main.

Du coin de l'œil, Katalin vit qu'Ugron hésitait à l'attaquer. Derrière lui, Tero sautait et plongeait pour esquiver les assauts de la femme, de son renard, revenu à sa forme active, et de Mako. Il devait absolument les empêcher de remettre la main sur la Bile.

Le loup tendit le cou vers Katalin et claqua la mâchoire, au moment où la jeune fille eut enfin raison de la corde. L'animal libéré bondit. Katalin crut d'abord qu'il allait l'attaquer, mais il se contenta de s'ébrouer comme un chien mouillé. Il lui adressa un grognement reconnaissant et disparut dans les bois sans un regard en arrière.

Une fois le loup délivré, l'euphorie de Katalin retomba. Elle comprit dans quelle situation désespérée elle s'était mise. Tero et elle étaient en infériorité numérique et les Conquérants se doutaient sûrement qu'ils faisaient partie de la résistance. Ils étaient fichus.

Comme s'il lisait dans ses pensées, Ugron se précipita sur elle, lui arracha son couteau des mains et la plaqua au sol. Elle sentit son dos percuter la terre avec un craquement lugubre et une vague de douleur la traversa. Elle chercha Tero des yeux, malgré le corps imposant d'Ugron qui lui bouchait la vue.

Maintenant que le loup s'était enfui, le vison n'essayait plus de maintenir les Conquérants loin de la Bile, mais il n'était pas en meilleure position que Katalin. Réfugié en haut d'un arbuste, il avait la queue coincée entre les crocs du renard.

Tandis que le vison se débattait, la femme approchait, un sac en toile de jute dans les mains. Elle y emprisonna Tero.

– Eh bien, quelle surprise ! lança-t-elle.

Elle tentait de paraître sereine, bien qu'elle fût à bout de souffle.

– Tu vois ce qui arrive quand tu laisses ta peur te ralentir, Mako ? C'est la débandade !

Mako ramassa la bouteille de Bile et la secoua.

– Oui, compris, je vais la boire.

– Mais non, imbécile ! Pas maintenant ! Le loup est parti. Tu veux te lier à un écureuil ?

– Du calme, intervint Ugron. Ce ne sera pas difficile de capturer un autre de ces grands chiens galeux. D'abord on s'occupe de cette Cape-Verte et de son rat, ensuite on attrape un des loups de Briggan et on en finit. On ne retourne pas chez le Roi Reptile avant d'avoir accompli notre mission.

Il prit les cordes du piège afin d'attacher les poignets de Katalin derrière son dos et de l'immobiliser.

– Je vais le faire, dit la femme.

Elle partit à la lisière de la clairière et s'empara d'un fourreau duquel elle sortit une longue épée étincelante. Katalin se tortilla, mais elle ne pouvait dégager ses mains. Elle tenta de puiser de la force dans son lien avec Tero. Plus que jamais, elle avait besoin de la ruse et de l'impulsivité de son animal totem. Elle avait besoin de courage.

Malheureusement, tout ce qu'elle recevait de lui était une sensation de claustrophobie. De l'autre côté de la clairière, elle voyait le sac remuer dans tous les sens.

– Redresse-toi, petite, ordonna la femme en avançant avec l'épée. Ça sera plus facile et plus rapide.

Katalin entendit soudain les loups hurler au loin. Elle en eut la chair de poule. Le bruit majestueux et sombre lui insuffla enfin un peu de tonus. Elle leva fièrement le menton. Elle avait réussi à sauver un des membres de la Grande Meute. Elle ne perdrait pas la vie entre les mains de ces affreux Conquérants sans leur opposer toute la résistance dont elle disposait encore.

Les cris se rapprochaient. Ils devinrent de plus en plus nombreux.

Et alors toute la vallée résonna des hurlements continus des loups.

Ils se ruèrent dans la clairière. Ils étaient cinquante, peut-être soixante, ou même une centaine. Katalin crut voir parmi eux des chacals, des coyotes et des renards. Ils étaient trop nombreux pour qu'elle les distingue tous, mais ses yeux se posèrent immédiatement sur leur meneur. C'était le loup qu'elle avait libéré. Elle reconnut les poils blancs autour de ses yeux et le regard qu'il lui lançait. Pas exactement de la gratitude. Plutôt l'attitude d'une bête noble qui rembourse ses dettes.

Katalin recula quand les loups s'attaquèrent aux Conquérants dans un tourbillon de pelages gris et blancs. Elle se tourna en sentant qu'on tirait sur ses bras. Un loup plus petit que les autres mordait ses cordes pour lui détacher les mains. Le frottement lui brûla la peau, mais elle put enfin bouger.

– Merci, lâcha-t-elle alors qu'elle courait déjà vers Tero.

La meute encerclait désormais les Conquérants et elle ne les apercevait plus au milieu des crocs et des griffes. Elle détourna le regard, incapable de supporter la scène, et défit le nœud autour du sac afin de libérer Tero. Il bondit aussitôt sur son épaule comme il en avait l'habitude. Elle le caressa, vérifia qu'il n'était pas blessé et courut vers les arbres, pressée d'atteindre enfin son objectif.

Un immense loup, d'environ la taille d'une maison, la fixait de ses yeux couleur saphir, majestueux et immobile.

Briggan.

– Normalement, lâcha-t-il d'une voix éclatante, normalement, je n'autorise aucun humain à m'approcher de si près.

Pour une fois, Tero restait complètement figé, subjugué par la Bête Suprême.

– Normalement, je t'aurais accablée de visions au point que tu ne pourrais plus voir la route devant toi. Tu aurais été aveuglée par tes rêves. Normalement, j'aurais envoyé ma meute te chasser de ces collines avant que tu puisses faire un pas de plus. Ou j'aurais provoqué un glissement de terrain pour ensevelir ton campement et te faire fuir. Mais tu as risqué ta vie pour sauver un des miens. Tu lui as évité un destin pire encore que la mort. Un lien terrible. Et tu l'as fait sans calcul ni intérêt.

Katalin hocha la tête. Elle se rappela les mots d'Adelle : elle devait rester courageuse et forte face à Briggan, si impressionnant soit-il. Par conséquent, elle prit la parole.

– C'est vrai... Et je l'ai fait avec l'aide de Tero.

Elle tourna la tête vers son vison.

– Alors dis-moi, continua Briggan en baissant son énorme tête. Que fais-tu ici ? Pourquoi as-tu

traversé la forêt, la vallée et les Monts de Granit,
où aucun humain ne vit?

— Parce que nous avons besoin de toi. Les
Conquérants, des hommes pareils à ceux qui ont
essayé de capturer un de tes loups, ont envahi notre
continent. Ils viennent du Stetriol. Ils sont sous les
ordres d'un tyran terrible appelé le Dévoreur. Ils ont
déjà conquis le Zhong et le Nilo... Bientôt ils s'em-
pareront de l'Eura, si nous ne les arrêtons pas. Je fais
partie de la résistance: un groupe de Marqués, vêtus
de capes vertes pour se distinguer de leurs ennemis.
Mais nos forces sont éparpillées et terrorisées. Nous
avons besoin de quelqu'un pour nous guider et
nous réunir...

En poursuivant ses explications, la jeune fille
cherchait à lire l'expression dans les yeux du grand
loup. Mais il restait plus imperturbable qu'une sta-
tue. Elle termina enfin son histoire, décrivant avec
aplomb tous les méfaits des Conquérants.

Briggan montra alors les crocs dans une grimace
menaçante et furieuse.

Katalin dut rassembler tout son courage pour ne
pas flancher devant lui, alors qu'elle voulait surtout

prendre ses jambes à son cou. Et elle sentit qu'elle puisait autant dans ses ressources à elle que dans son lien avec Tero. Sa propre fierté, sa propre volonté de justice. Devant les crocs de Briggan, plus aiguisés que des lances, elle ne fléchit pas.

— Merci de faire appel à moi, jeune Marquée. Ces... *Conquérants* ne sont pas les premiers à empiéter sur mon territoire. Beaucoup sont déjà arrivés jusqu'ici. Ils m'ont volé un objet précieux et se sont enfuis avant que je ne puisse les rattraper. Seuls ces trois-là ont été assez imprudents pour s'attarder. Mais j'ai une autre question pour toi.

— Demande-moi tout ce que tu veux.

— Pourquoi toi ? Pourquoi es-tu ici ? Le destin du monde te préoccupe-t-il tant ? La politique, les Bêtes Suprêmes et les guerres qui grondent si loin d'ici ? Tout cela est-il si important pour toi ?

— Briggan... Briggan, monsieur, bafouilla-t-elle. La guerre est à notre porte. Elle est déjà là.

— Dis-moi ce que tu as vu dans ton esprit avant d'arriver sur mes terres, demanda-t-il d'une voix enfin adoucie.

— Mes rêves sont toujours hantés par les mêmes souvenirs, répondit Katalin. Je revois mon village brûler encore et encore. Je vois ma famille...

Elle ne parvint pas à en dire davantage.

— Tu sais que je provoque des visions, n'est-ce pas ? Je peux aider les gens à entrevoir un aperçu de ce qui les attend. Mais ils ont toujours le pouvoir de changer de voie. Je fais confiance à ta lucidité. Si nous laissons les Conquérants continuer, ce que tu vois se réalisera encore et encore. Il y aura encore plus de guerres, plus d'incendies et de destruction.

— *Nous* ? répéta la jeune fille en inspirant profondément.

— Nous, confirma-t-il, déterminé. J'aiderai ta résistance de Marqués en capes miteuses. J'en ferai une armée. Les Capes-Vertes.

Briggan renversa la tête en arrière et poussa un hurlement plus puissant que l'océan. Tout autour de la montagne, des cris retentirent. Sa meute répondait à son appel.

Essix

La chute des quatre

Planant dans un ciel bleu dégagé, Essix se laissait porter par les courants d'air. Le vent glissait sur ses grandes plumes alors qu'elle s'élevait à la faveur d'une rafale. Devant elle s'étendait une forêt, océan de verdure courant jusqu'à l'horizon. Derrière elle, la plus féroce des batailles ensanglantait les champs.

Les cadavres d'hommes et d'animaux s'entassaient. Avant la fin du jour, le nombre des victimes s'élèverait à des centaines de milliers. Essix revoyait encore les corps transpercés par des crocs et des griffes, empalés sur des lances ou des lames.

Avec Briggan, Uraza et Jhi, elle retournerait sur le front. Dirigées par les Capes-Vertes, les quatre nations de l'Erdas réunies menaient un combat commun contre les Conquérants. Si le marché qu'elle allait passer fonctionnait, le Dévoreur, Kovo et Gerathon seraient vaincus. Sinon, l'armée toujours plus importante du Roi Reptile se répandrait sur tous les continents de l'Erdas pour dominer le monde entier.

Les trois autres Bêtes Suprêmes auraient besoin de plus de temps pour atteindre le lieu du rendez-vous. Après leur départ, Essix avait continué à attaquer les Conquérants. Elle avait aidé ses alliés à se repositionner en fonction du déplacement des forces adverses. Les guerriers qui l'avaient suivie dans le Stetriol en appelaient à son courage, à son aide et à sa protection. Les Capes-Vertes n'auraient jamais pu lancer un tel assaut sans Briggan, Uraza, Jhi et elle.

À présent, alors qu'ils avaient désespérément besoin d'elle, elle les quittait. Les généraux des Capes-Vertes comprenaient les raisons de son départ et avaient expliqué aux soldats que les Bêtes

Suprêmes ne les abandonnaient pas. Pourtant, Essix sentait le découragement qui avait soudain accablé les troupes.

Elle avait failli rester. Elle n'aimait pas les réunions, et les autres pouvaient parler en son nom. Seulement ses arguments n'auraient pas la même portée s'ils ne venaient pas directement d'elle. En outre, Essix savait mieux que quiconque lire les réactions des autres Bêtes Suprêmes et elle saurait adapter ses arguments en fonction de leurs réticences. Cela pouvait faire la différence quand il fallait se montrer convaincant.

À cette heure tragique, Tellun avait enfin convoqué un grand conseil. S'ils s'unissaient tous contre Kovo et Gerathon, le résultat des combats serait garanti. Cette réunion était trop cruciale pour qu'elle la rate.

Sous elle, au loin, la femelle faucon aperçut la clairière. Le Stetriol se composait dans sa grande majorité de terrains désolés et de montagnes rouges irrégulières. Seul Tellun avait pu créer en peu de temps une forêt agréable sur ce continent hostile. Des arbres majestueux se dressaient autour d'une prairie dégagée sur laquelle les herbes hautes s'agitaient dans le vent. Un ruisseau, si peu profond qu'on pouvait voir les cailloux polis miroitant dans son lit, serpentait à travers le paysage. Quelques gros rochers ajoutaient du caractère à l'ensemble.

Les Bêtes Suprêmes étaient déjà là, à l'exception de Kovo et Gerathon, qui avaient, sans surprise, refusé l'invitation, et de Mulop qui suivrait les débats de loin. La pieuvre préférait ne pas voyager. Au moins, les autres étaient dispensés d'une contrainte supplémentaire : avec Mulop, ils auraient dû se réunir au bord de l'eau.

Repliant ses ailes, Essix plongea vers la prairie. La vitesse grisante l'aida à mettre de l'ordre dans ses pensées. Jusque-là, les Bêtes Suprêmes avaient choisi de rester neutres dans la guerre mondiale. Elles n'avaient plus organisé de grand conseil depuis le début du conflit. À l'époque, l'implication de Kovo et de Gerathon ne semblait pas aussi évidente et le Dévoreur venait à peine de révéler son appétit féroce de domination. C'était leur dernière chance de réunir une force conséquente face aux Conquérants. Ce ne serait pas facile, mais il fallait essayer.

Essix se posa sur une souche juste avant que le soleil n'atteigne son zénith : l'heure du rendez-vous. Avec ses serres, elle agrippa le tronc mort de la même façon qu'un faucon de taille normale s'agripperait à une branche.

– Il était temps, lança Cabaro en étirant son grand corps jaune et en libérant ses griffes.

Physiquement, aucune autre des quinze Bêtes Suprêmes n'égalait le lion. S'il n'était pas aussi arrogant et froid, il aurait pu être leur chef. Personne ne pouvait se mesurer à lui dans un combat. Pourtant il ne passait que rarement à l'action, se contentant d'une vie oisive. Pourquoi se fatiguer à chasser quand il pouvait envoyer ses lionnes lui rapporter de la viande ? Pourquoi se battre quand l'intimidation suffisait ?

– Je ne voulais pas quitter le champ de bataille, se justifia Essix. Les nations libres sont mises à mal. Le sort de l'Erdas risque fort de se jouer avant le coucher du soleil.

– Devrions-nous pour autant prendre une décision à la hâte ? demanda l'énorme Dinesh qui ressemblait plus à une colline grise et fripée qu'à un éléphant. Je n'ai pas parcouru la Terre entière pour me précipiter et essayer de conclure les débats avant même de les avoir commencés.

– Le jour où tu te précipiteras, moi je volerai, plaisanta Suka.

Assise confortablement, les mains sur ses énormes genoux, l'ourse polaire avait l'air d'humeur badine. Quand elle ne l'était pas, tout l'Erdas avait intérêt à prendre garde.

Contrairement à Essix, Briggan, Rumfuss et Uraza étaient hilares. Il était en effet difficile d'imaginer cet immense pachyderme, couvert de soie et protégé par l'ombre des grands arbres, en train de se précipiter. Il évoquait plutôt confort et lenteur.

– C'est moi qui ai parcouru le plus de kilomètres, continua Suka. Et pourtant, je suis pour qu'on fasse au plus vite.

– L'heure n'est pas aux plaisanteries ! gronda Dinesh de sa voix furieuse qui provoqua un mini-séisme. Un grand conseil n'est pas à prendre à la légère. Je vous prie de vous en montrer dignes.

Un mouvement sur le côté attira l'attention d'Essix. Un kangourou était entré par inadvertance dans la clairière. Tous contemplèrent l'intrus. Le malheureux se figea de peur, conscient qu'il avait commis une erreur fatale. Essix sentait le cœur du pauvre animal battre furieusement. À côté du marsupial, pourtant adulte et bien bâti, les Bêtes Suprêmes semblaient encore plus massives et menaçantes.

Tellun leva la tête et les pointes de ses bois dépassèrent même Dinesh.

– Commençons, proposa l'élan.

Un silence pesant s'installa. Même le ruisseau sembla se taire. Essix observa leur chef, s'efforçant de ne pas se laisser intimider par l'aura qui émanait de lui. De toutes les Bêtes Suprêmes, c'était la plus difficile à cerner.

– Et les absents ? s'agaça Rumfuss.

– L'heure de notre réunion est arrivée, objecta Tellun. Tous ont été invités. Mulop a demandé à assister au conseil à distance, Kovo et Gerathon n'ont pas répondu.

Du coin de l'œil, Essix vit que le kangourou s'était sauvé sans demander son reste. Cela lui apprendrait à se montrer plus prudent à l'avenir.

– Ils sont occupés à asservir le monde, grogna Briggan. La bataille fait rage. Pourquoi perdons-nous du temps à parler pour ne rien dire tandis que le destin de l'Erdas chancelle ?

– Les Bêtes Suprêmes ne se sont jamais combattues, affirma fermement Arax.

Ses immenses cornes recourbées luisaient dans le soleil.

– Les humains n'ont qu'à régler leurs propres conflits.

Briggan se mit à faire les cent pas.

– À cause de la Bile, il ne s'agit plus d'un conflit entre humains. Les Conquérants se sont liés par la force à des animaux de chacune de nos familles. Kovo et Gerathon apportent ouvertement leur soutien à l'ennemi dans sa conquête du pouvoir. C'est une guerre qui affecte toutes les formes de vie sur cette terre ! Il faut agir et vite !

Essix se sentit désolée pour le loup. De la même taille et de la même férocité que Cabaro, Briggan ne savait vraiment pas s'exprimer. Il était juste pressé de se jeter dans la mêlée avec sa meute.

Tout en lui dégageait une tension palpable : sa voix, ses mouvements, sa posture.

– Qu'avons-nous de nouveau à discuter ? demanda Halawir.

L'aigle parlait d'une voix claire qui forçait le respect. De toutes les Bêtes Suprêmes, il était le plus majestueux, après Tellun.

– Quand nous nous sommes réunis la dernière fois, le Dévoreur mobilisait ses troupes avec le soutien de Kovo et de Gerathon. La Bile se répandait. Et nous avions décidé de voir si l'humanité parviendrait à éliminer cette menace.

– La situation a beaucoup évolué depuis, lança Uraza sur un ton calme, mais intense.

Elle se tenait raide et statique, comme un prédateur prêt à bondir.

– La plupart de nos talismans ont été volés, l'Arbre Éternel abîmé, le lien spirituel entre l'homme et la bête mis en danger. De nouvelles connexions se créent, mais elles sont corrompues et artificielles. Les jeunes gens et les animaux avec lesquels ils s'associent tombent malades ou deviennent fous, certains meurent.

– Tu accuses Kovo et Gerathon d'avoir endommagé l'Arbre Éternel ? interrogea Halawir. Où sont tes preuves ? Tu accuses à la légère. C'est parfaitement irresponsable. Les hommes sont coupables de cette situation ! Et vous aussi, pour vous être aventurés trop près de la civilisation ! Comment auraient-ils eu accès à vos talismans sinon ?

– Trop de familiarité avec les humains pourrait nous mettre en péril, acquiesça Suka. Nous gardons nos distances pour de bonnes raisons.

– Nous ne sommes pas les seuls à avoir perdu nos talismans, rappela Briggan. Où est le tien, Halawir ?

De colère, l'aigle déploya ses larges ailes et le soleil disparut. Le conseil plongea dans la pénombre et le silence jusqu'à ce que Halawir se ressaisisse et les replie.

– C'était prévisible, déclara-t-il. Une fois que l'on réveille chez les humains le désir de posséder nos talismans, plus rien ne les arrête. Ils m'ont volé le mien pendant mon sommeil. Dans mon nid ! Des créatures fourbes.

– Laissons les humains... combattre les humains, grommela Rumfuss, mécontent.

Essix l'avait rarement vu de bonne humeur.

– Cette guerre implique bien plus que cela, objecta Jhi de sa voix suave. Kovo et Gerathon ne cachent pas leur participation à ce conflit.

– Le résultat se joue à l'instant même, pressa Briggan. Si les Capes-Vertes tombent, le Dévoreur dominera le monde. Il était déjà trop tard pour entraîner la totalité de nos forces contre les leurs. Nous avons rassemblé nos meilleures troupes pour contourner les armées adverses et les affronter sur leurs terres. Nous jouons le tout pour le tout.

– Attendons alors de voir qui gagne, proposa Dinesh.

– C'est impossible. Sans notre aide, les Capes-Vertes n'ont aucune chance, s'impatienta Briggan. Et sans leur aide, nous ne pourrons jamais arrêter le Dévoreur !

– Sottises, protesta Arax. Si nous décidons de les éliminer, à nous treize nous n'aurons aucun mal à venir à bout du singe, du serpent et des animaux des humains.

– Vous ne mesurez pas leur nombre, intervint paisiblement Jhi. Grâce à la Bile, chaque soldat a un animal totem qui lui obéit aveuglément. Nous sommes puissants, certes, mais ils le sont bien plus que nous. Représentez-vous une colonie de fourmis qui dévorent un bœuf. Ce serait notre sort.

— Si nous agissons dès maintenant, nous pouvons éviter cela, continua Essix. Nous n'aurons pas besoin de tester si nous pouvons vaincre le Dévoreur seuls.

— Tout cela me laisse de glace, lança Cabaro. Vous ne faites que vous répéter, tous les quatre. Vous rapprocher des humains vous a conduits à déclencher une bataille sanglante et dévastatrice que vous allez sûrement perdre. Et vous voulez qu'on vienne à votre rescousse. Vous voudriez que votre folie l'emporte sur notre prudence.

Le silence retomba sur le conseil. Essix croisa le regard de Cabaro et, malgré les paroles impitoyables qu'il avait prononcées, le lion détourna les yeux le premier. Il devait y avoir d'autres motivations cachées derrière ses propos, mais le faucon ignorait lesquelles.

— Les Bêtes Suprêmes ne devraient pas s'affronter, déclara Dinesh. Un tel combat est impensable. Il n'a pas de précédent.

Les muscles bandés, la queue agitée, Uraza répondit, sur un ton mauvais.

– Vous voulez parler précédents et règlements ? Les Bêtes Suprêmes n'ont jamais laissé les humains les couvrir d'honneurs. Et elles n'ont pas non plus autorisé qu'on bâtisse des autels en leur honneur. Dinesh, l'opinion de ceux qui savent se trouver de la nourriture tout seuls m'intéresse plus.

Rumfuss éclata de rire.

Dinesh souleva sa trompe, indigné.

– Je n'ai pas fait autant de kilomètres pour écouter ces...

– Tu as été transporté ici par des humains telle une vulgaire marchandise, l'interrompit Uraza. Tu aurais tes serviteurs auprès de toi pour qu'ils t'éventent avec leurs branches de palmiers si le grand conseil l'avait permis.

Dinesh se redressa de toute sa hauteur, ses défenses en ivoire s'élevant dans l'air pareilles à des lances redoutables. Sa voix résonna plus fort que le tonnerre.

– Insolence ! Diffamation ! Retire ce que tu viens de dire, ou je... je...

– Sors déjà de ton plafond de feuilles, affronte le soleil et on verra si tu me fais peur, se moqua Uraza.

L'éléphant secoua la tête et renversa au sol les branches qui lui faisaient de l'ombre. Il barrit et la prairie trembla. Essix sentit ses plumes vibrer.

– Si tu en valais la peine, je t'écraserais sous mes pattes, lui lança-t-il.

– Un combat entre Bêtes Suprêmes ? répliqua Uraza sur un ton de défi.

Rumfuss rit de bon cœur.

– Elle t'a bien eu ! s'exclama-t-il.

Rien n'amusait le sanglier autant que les disputes. Dinesh piétina l'herbe, furieux.

– Un désaccord n'est pas une guerre. Nous ne sommes pas obligés d'avoir les mêmes opinions. Il peut arriver qu'on s'emporte et lance des menaces en l'air, mais jamais nous n'avons cédé à la violence.

Essix était du même avis qu'Uraza, mais elle n'aurait jamais dû agresser l'éléphant de cette façon. Elle n'avait pas réussi à convaincre Dinesh et l'avait juste braqué davantage. Les Bêtes Suprêmes étaient des animaux nobles et fiers. Les enrager ne les mènerait nulle part.

— Il est aberrant de penser qu'on pourrait se faire la guerre, confirma Essix. Nous ne sommes pas toujours d'accord, mais nous ne nous sommes jamais manqué de respect.

— C'est vite dit, grommela Dinesh en tournant ses yeux vexés vers Uraza.

— Nous participons au grand conseil dans ce même esprit, continua Essix. Nous avons parcouru des centaines de kilomètres pour nous réunir. Mais deux d'entre nous n'ont pas daigné nous rejoindre, alors qu'ils se trouvaient bien plus près du lieu du rendez-vous que les autres.

— Je regrette que Kovo ne soit pas avec nous, déclara Suka. C'est lui qui dit les meilleures blagues.

— Leur absence ne justifie pas une guerre, murmura Cabaro.

— Il est évident pour tout le monde que c'est la première fois que des Bêtes Suprêmes participent à une guerre, déclara Essix en scrutant lentement chaque membre de l'assemblée. Seulement, jusque-là, aucune Bête Suprême n'a jamais causé autant de dégâts. Notre rôle est de protéger et de préserver l'Erdas, de chercher l'équilibre, de limiter les tragédies. Pas de plonger le monde dans le chaos. Qui d'entre vous a déjà privé un animal de son libre arbitre ? Qui a déjà soutenu un conquérant tyrannique ? Avez-vous déjà bravé honteusement les avertissements de Tellun et des autres membres du conseil ? Kovo et Gerathon ont commis des atrocités qu'on ne peut même pas imaginer. Ils n'ont aucun scrupule. Il est de notre devoir de les arrêter par tous les moyens possibles.

Ses yeux se posèrent sur Arax, qui frappait le sol d'un sabot.

– Chaque Bête Suprême est libre d'agir comme bon lui semble, affirma le bélier, déterminé. Aucun de nous n'occupe seul la fonction de gardien de l'Erdas. Pas même Tellun. Nous avons tous une part de cette responsabilité, et nous avons tous nos méthodes et nos priorités. Nous nous conseillons quand cela s'avère nécessaire, mais sans rien imposer. Kovo et Gerathon ne nous ont pas attaqués.

– Pas directement, nuança Jhi. Mais ils ont déclenché des guerres sur nos territoires. Et ils ont utilisé la Bile pour asservir des animaux qui étaient sous notre protection.

– Nous avons tous provoqué des conflits à un moment ou à un autre, intervint Suka. Laissons les humains les résoudre. Cette guerre est peut-être justement ce qu'il nous faut. Ils sont bien trop nombreux. Ils se multiplient sur chaque continent, quel que soit le climat, ils changent dangereusement l'équilibre de la nature. Ils prennent trop de place et consomment trop de ressources. Les humains vont vite devenir la plus grande plaie que l'Erdas ait connue. Grâce à cette guerre, ils meurent plus rapidement que jamais, nous devrions peut-être nous en réjouir.

– Les hommes ne sont pas nos ennemis, rappela Tellun, d'une voix naturellement plus autoritaire que celle des autres. Ils occupent cette terre au même titre que nous. La vie sauvage est impitoyable. Des prédateurs et des proies, des périodes de disette et des périodes d'abondance. Les humains ont le droit de prospérer et de survivre du mieux qu'ils le peuvent. Ils sont aussi légitimes que les autres créatures de l'Erdas.

– Légitimes... ça suffit, ronchonna Rumfuss. Ça ne s'arrange pas.

– Notre monde change trop vite, lança Suka. Il y a des parties entières de l'Erdas que je ne reconnais plus, des étendues sauvages désormais fermées aux ours. Et tout cela à cause des humains. Kovo a peut-être également senti le besoin de limiter leur expansion.

– Les espèces se développent ou stagnent, intervint Jhi, sa voix plus apaisante qu'un baume.

Si quelqu'un pouvait briser le mur des craintes et des angoisses de Suka, c'était bien elle. La femelle panda était le calme incarné.

– Certains deviennent les dominants, d'autres s'éteignent. Bien sûr, les hommes peuvent menacer l'équilibre naturel, mais ils peuvent aussi le préserver. Même s'ils ont tendance à faire le mal plus qu'aucune autre créature, ils sont également plus habilités à faire le bien. Ils savent mieux que quiconque utiliser de façon inventive les ressources de l'Erdas. Leur ingéniosité peut causer des problèmes, mais elle peut aussi être source d'espoir.

– La race humaine ne nuira pas à l'équilibre de la planète, assura Briggan. Pas tant que nous serons là pour surveiller.

– Mais devons-nous pour autant mener leurs combats à leur place ? demanda Cabaro. Je pense comme Suka, plus il y aura de morts parmi eux, mieux ce sera.

– Les humains ne sont pas tous mauvais, protesta Dinesh.

Suka gloussa.

– Pas ceux qui te vouent un culte.

– Ils ne me vouent pas un culte ! s'offusqua Dinesh.

Suka rit de plus belle.

– Et les temples, et les rites, et les fêtes en ton honneur ? Ne t'inquiète pas, Dinesh, ça me plaît ta façon de les domestiquer.

– J'ai longtemps cherché le moyen de travailler *avec* eux, plutôt que contre eux, expliqua Dinesh. Mes méthodes ont donné de bons résultats. J'ai peut-être un peu exagéré mon rôle de mentor éclairé, je vais le revoir à la baisse.

– Les humains..., grommela Rumfuss. Qui peut leur faire confiance ?

– J'en ai rencontré de merveilleux, répliqua Cabaro. Succulents, même.

– Ça suffit ! aboya Briggan.

Des oiseaux effrayés s'envolèrent des arbres les plus proches.

– En cet instant précis, alors que nous plaisantons et nous disputons, des hommes et des animaux se battent côte à côte pour décider du destin de l'Erdas. Peut-on poursuivre ?

– Une question pertinente a été soulevée, enchaîna Essix pour dissiper le malaise. Doit-on se réjouir de la mort d'êtres humains ? Tout dépend de ceux qui tombent. Certains aiment l'Erdas autant que nous. D'autres semblent déterminés à le détruire. Nous devons soutenir les humains vertueux et valeureux. Les Capes-Vertes considèrent leurs animaux comme des partenaires, pas comme des esclaves, ils aiment la nature autant que leurs villes. Le Dévoreur représente ce que l'humanité a de pire à offrir. S'il vient à dominer les cinq continents, tout le monde souffrira. Nous sommes les Bêtes Suprêmes. Notre devoir est de protéger l'Erdas, pas de le contrôler. Kovo et Gerathon se sont égarés.

– C'est ton opinion ? l'interrogea Arax. Nous devrions combattre le singe et le serpent parce que tu penses qu'ils se sont égarés ? Où nous mènera un tel raisonnement ? Qui sera la prochaine bête à offenser le savant faucon ? Moi ? Dinesh ? Cabaro ? Peut-être Rumfuss. Aucun de nous n'aime le sanglier. Pourquoi ne pas l'exclure ?

— Personne... ne m'aime ? s'étonna Rumfuss.

— Question de charme, répondit Cabaro du tac au tac.

— N'importe quoi ! s'indigna le sanglier. Je suis... le meilleur !

— Cabaro n'a aucune idée de ce que ce mot signifie, le rassura Jhi. On t'aime tous beaucoup.

— Ah oui ? insista Cabaro. Dis-nous donc ce qui te plaît chez Rumfuss.

Jhi marqua une pause. Essix espérait qu'elle trouverait vite un compliment.

— Rumfuss est robuste. Et il est droit.

— On pourrait dire la même chose d'un tronc d'arbre, rétorqua Cabaro.

— Rumfuss est honnête, ajouta Jhi. Il sait se montrer clément. Sous un extérieur rude bat un bon cœur.

— Je peux... défoncer des murs en pierre, grommela Rumfuss. J'ai déjà... aplati des forêts. Je mange...

plus que mon poids. Rejetez-moi, jalousez-moi, ça ne m'atteint pas. Faire envie, c'est la plus belle des flatteries.

– Je suis avec Arax, intervint Halawir. De quel droit condamner l'un ou l'autre d'entre nous ? Lors de notre dernière réunion, nous avons choisi de laisser les humains se débrouiller avec le Dévoreur. Ensuite, Briggan, Essix, Jhi et Uraza, au mépris de notre décision, se sont lancés dans la guerre. Devrions-nous les condamner aussi ?

– Allez-y donc pour voir ! gronda Uraza.

– Tu es bien trop prompte à te battre, panthère, la réprimanda Dinesh. Ton agressivité m'inquiète.

– Et moi ? Qu'as-tu à dire sur mon agressivité ? demanda Jhi.

La question laissa l'assemblée sans voix. Essix apprécia la tactique du panda. Ils avaient trop parlé, pas assez écouté.

– Je déteste la violence, affirma Jhi tout bas. Même en dernier recours, je la désapprouve complètement. Alors qu'est-ce qui m'a poussée à m'impliquer ?

Personne ne répondit. Essix attendit la suite des arguments du panda, espérant qu'ils seraient convaincants.

– Je déteste une seule chose plus que la violence, continua la Bête Suprême. L'asservissement. Le libre arbitre est un droit fondamental. Les animaux sous l'effet de la Bile perdent toute volonté propre. Ils ne peuvent pas se défendre. Je ne connais aucune injustice plus grande. Je ne peux tolérer qu'un tel déséquilibre devienne universel. Le laisser s'installer serait faillir à notre rôle de gardiens de l'Erdas.

– Aucun de nous n'apprécie la Bile et ses effets, réagit Ninani.

Tous les yeux se tournèrent vers la femelle cygne, paisiblement assise sur l'herbe, tel un lys immaculé. Essix, qui s'était demandé quand Ninani prendrait enfin la parole, se repositionna sur son perchoir en attendant qu'elle poursuive. Si Tellun inspirait une admiration mêlée d'effroi, Ninani suscitait la révérence. Elle était la plus gentille et la plus douce des Bêtes Suprêmes, et de loin la plus gracieuse. Essix aurait voulu qu'elle s'exprime en leur faveur, mais elle n'ajouta rien.

– Ce sont Kovo et Gerathon qui ont distribué la Bile, dit enfin Briggan. Nous leur avons demandé de s'en débarrasser et ils ont refusé. Au contraire même, ils se servent du Dévoreur pour la répandre dans tout l'Erdas. Soit nous arrêtons les Conquérants aujourd'hui, soit nous regardons le monde en subir les conséquences.

– La façon dont tu dépeins la situation rend le choix évident, affirma Cabaro. Mais à quel point peut-on se fier à ton jugement ? Kovo et Gerathon ne méritent-ils pas une chance de faire partager leur point de vue ?

– Elle était là, l'occasion pour eux de s'expliquer, rappela Essix. Ils l'ont laissée passer en connaissance de cause. Ils ont opté pour la force. Ils ne sont plus les protecteurs de l'Erdas. Ils essayent de conquérir le monde. Il est de notre responsabilité de les en empêcher. Nous devons arrêter les longs discours et nous ruer sur le champ de bataille avant qu'il ne soit trop tard !

Tellun remua, ses bois craquant comme les branches d'un grand arbre. Les autres attendirent son verdict.

— Nous avons une décision importante à prendre. Soit nous nous unissons contre deux des nôtres pour mettre fin à leurs manigances, soit nous acceptons qu'ils restent les gardiens de l'Erdas et admettons, sans comprendre leur objectif, qu'ils œuvrent dans son intérêt.

— Je ne pense pas être capable de tuer Kovo, lâcha Suka, contrariée. Je l'aime bien.

— Tu en es pourtant capable, aucun doute là-dessus, objecta Uraza. Tout comme Cabaro. Et Briggan. Et moi aussi. Tu pourrais le trouver succulent, tu sais.

Essix grimaça. Ce n'était pas le moment pour ce genre d'humour. Uraza ne pouvait pas espérer les rallier à sa cause en se moquant d'eux.

Tellun poussa un grognement excédé. L'air devint électrique.

— Quelle que soit notre décision, je ne cautionnerai pas le meurtre d'une Bête Suprême. Tout d'abord, parce qu'il serait vain. Tant que l'Arbre Éternel tient debout, notre destin est lié à celui de l'Erdas. Ce qui est perdu rejaillira sous une autre forme. Si Kovo et Gerathon ont trahi leur devoir sacré, je choisirai pour eux l'emprisonnement plutôt que la mort.

— Vous quatre, retournez à votre bataille si vous le voulez, lança Dinesh. Je ne me joindrai pas à vous.

— Tu approuves cette guerre ? demanda Briggan.

— Je refuse de prendre parti, répondit l'éléphant. Je vais continuer à veiller sur mon talisman. Je défendrai l'Erdas à ma façon. Je ne vais pas chercher à dissuader les autres, faites ce qui vous chante.

— Quelle attitude choquante ! s'irrita Uraza. Du moment que tu as tes adorateurs, tu n'as besoin de rien d'autre.

— Que les humains... règlent leurs propres conflits, ronchonna Rumfuss.

— Nous ne devons pas nous opposer à Kovo et Gerathon, à moins qu'ils ne nous attaquent directement, déclara Arax. C'était déjà mon opinion au grand conseil précédent et cela reste mon opinion aujourd'hui.

L'espace d'un instant, Essix avait cru pouvoir les convaincre. Même le plus borné avait hésité. À présent, elle sentait qu'ils avaient laissé filer l'occasion, comme on laisse filer un lapin. Quel dommage ! L'enjeu était si important ! La vérité avait été exposée clairement. Ils avaient apporté des arguments de poids. Et pourtant, les autres ne bougeaient pas de leur position.

– Et les animaux innocents victimes de la Bile ? demanda Essix.

– Tu es nouvelle sur cette terre ? se moqua Cabaro. Et le lièvre innocent qui se fait attraper par le renard ? Et la gazelle confiante dévorée par la panthère ? D'accord, quelques bêtes sont forcées à se soumettre à des humains. Et alors ? Au moins, elles ne se font pas tuer.

– Je ne veux pas affronter des Bêtes Suprêmes, affirma Suka. Si j'y étais contrainte, alors peut-être, mais cela me semble injuste.

– Nous devrions attendre, acquiesça Halawir. Nous n'avons pas suffisamment de preuves des méfaits de Kovo et Gerathon. Il est trop tôt pour condamner deux des nôtres.

– Je suis du même avis, confirma Cabaro. J'imagine que les quatre champions de l'humanité vont retourner au combat, mais ce sera sans moi.

– Cela fait six contre, sur treize, calcula Briggan. Pas encore la majorité.

– Huit sur quinze, si on compte Kovo et Gerathon, corrigea Halawir, ses grands yeux jaunes s'attardant un moment sur Cabaro avant de se poser sur le loup.

– Ils ont refusé de participer à ce conseil, ils n'ont plus voix au chapitre, insista Briggan.

– Vous quatre, vous êtes les seuls à parler en faveur de la guerre, précisa Cabaro. Qui se met du côté des six qui s'y opposent ?

– Mulop nous a transmis son vote à distance, annonça Tellun. Il est d'accord pour laisser les quatre continuer leur campagne et comprend l'abstention des autres.

– Sept sur treize, se réjouit Cabaro.

– Tellun ! implora Briggan. Tu vas nous soutenir, n'est-ce pas ? Tu vois bien l'urgence de la situation. J'ai eu une vision des conséquences de cette journée. Si nous sommes seuls à nous dresser contre le Dévoreur, nous finirons tous dans les ténèbres.

Rumfuss éclata de rire.

– Tout finit toujours... dans les ténèbres.

— Je me range avec la majorité, déclara Tellun.
Mais j'accepte que vous continuiez à vous battre.
Je sais que vous vous efforcez sincèrement de protéger l'Erdas, tout comme je soupçonne Kovo et
Gerathon de faire le contraire. Je surveillerai de près
la suite des évènements. Vous ne mourrez pas au
front pour rien.

— Va-t-il falloir que nous y laissions notre vie
pour vous convaincre ? s'exclama Uraza en se levant
doucement.

Essix la sentait à bout de patience. Elle avait
renoncé à tout espoir.

— Ce serait un début, répondit Cabaro sèchement.
Mon territoire de chasse va doubler.

Uraza jeta un regard vers Jhi, Essix et Briggan,
ses yeux violets luisant de colère.

— On n'a pas à faire ça. On pourrait laisser
ces imbéciles hériter du monde qu'ils méritent.

— Presque tentant, acquiesça Briggan.

— Nous ne pouvons contrôler que nous-mêmes,
déclara Essix. Nous orientons les autres vers la
sagesse du mieux possible, mais c'est à eux de

prendre leurs propres décisions. Essayer d'influencer quelqu'un s'avère souvent décevant.

– C'est le jeu que jouent Kovo et Gorathon, affirma Jhi. Ils imposent leur volonté.

– Doit-on les décevoir ? demanda Essix.

Briggan leva la tête. Ses yeux d'un bleu profond contemplaient quelque chose que le reste de l'assemblée ne pouvait pas voir. Essix se souvint de l'avertissement du loup : nous finirons tous dans les ténèbres.

– J'irai seul s'il le faut. Aussi longtemps que je vivrai, l'Erdas aura un protecteur.

– Pas seul, contredit Essix en déployant ses ailes. Je n'abandonnerai pas ceux qui se dressent contre le mal.

– Moi non plus, renchérit Jhi.

Ses yeux argentés semblaient pour une fois chargés d'un poids infini.

– Nous quatre, alors, conclut Uraza. Nous avons déjà perdu assez de temps.

La panthère s'élança vers la forêt, son corps svelte s'allongeant à chaque bond. Sans un regard en arrière, Briggan la suivit de près. Jhi se dandina doucement derrière eux.

Le loup poussa un hurlement si assourdissant qu'Essix sentit son cœur s'embraser. Le son retentit à travers le Stetriol. Plusieurs des Bêtes Suprêmes baissèrent la tête. Il était dur d'entendre ce cri de bataille sans y répondre.

– Autre jour, même conversation, commenta Cabaro en s'étirant.

Il se tourna vers Essix.

– Tu n'es pas pressée?

– Je rejoindrai les combats bien avant eux, répondit-elle, calmement. Vous m'avez beaucoup déçue, tous autant que vous êtes. Si nous ne pouvons nous unir contre une telle menace, à quoi servons-nous? Maintenant que la décision a été prise, laissez-moi vous dire quelques mots encore. Mulop, tu vois plus que tu ne comprends. Cabaro, tu gâches ton potentiel, c'est affligeant. J'ai autrefois cru que ta crinière était dorée comme une couronne, je me suis trompée, elle est simplement jaune.

Le lion grogna, mais ne se redressa même pas.

– Halawir, continua Essix, tu as l'allure d'un roi, mais tu es vide. Tu n'es qu'apparence. Je pensais que toi, au moins, tu verrais la malice de Kovo derrière le vol de nos talismans. Quelque chose d'impardonnable nous est arrivé, à cause des humains. Suka, ne pas prendre de décisions difficiles est une décision en soi. Et Rumfuss, ne jamais changer revient à ne jamais s'améliorer. Arax, comment peux-tu exiger la liberté pour toi, mais pas pour ceux qui dépendent de toi? Dinesh, que ta grandeur ne soit pas qu'une question de taille. Tellun...

Essix s'interrompit, cherchant ses mots. L'élan semblait irréprochable. Et pourtant...

– Je te respecte, mais je ne te comprends pas. Je crains que tu ne saches pas t'impliquer.

– Et Ninani? demanda Cabaro.

Essix examina le cygne.

– Elle fait de son mieux.

– Bats-toi bravement, déclara Ninani, d'une voix mélodieuse. Si je le pouvais, je me joindrais à vous. Si cela a une quelconque importance pour toi, je te crois. Et je vous aiderai comme je le peux.

Stimulée par les doux encouragements de Ninani et dégoûtée par l'attitude des autres, le faucon déploya ses ailes et s'envola. En s'élevant dans le ciel, elle entendit Dinesh demander si c'était l'heure de manger.

Elle prit encore de la hauteur, cherchant les courants qui la porteraient plus rapidement. Pourtant, alors que les vents avaient accéléré son arrivée au grand conseil, ils conspiraient désormais pour la freiner. À l'horizon, la bataille faisait rage, un océan de carnage que la distance brouillait.

Le grand conseil leur avait fait dépenser de l'énergie pour rien. Bien évidemment, Briggan, Uraza, Jhi et elle revenaient seuls. Quand il s'agissait de passer à l'action, les débats étaient superflus. Essix s'en voulut d'y avoir cru. L'urgence de la situation avait faussé son jugement. Ils avaient perdu un temps précieux.

Sous elle, Briggan et Uraza fonçaient côte à côte. Jhi leur emboîtait le pas, plus rapidement que ne l'aurait imaginé Essix. Maussade, celle-ci étudia le ciel. Elle avait cru pouvoir arriver bien avant eux sur le front. Plus tôt le matin, les courants lui avaient semblé plus favorables pour le retour. À présent, où qu'elle se plaçat, l'air jouait contre elle.

Se pouvait-il que l'une des Bêtes Suprêmes manipule l'atmosphère ? Ni Kovo ni Gerathon n'avaient ce pouvoir, mais Arax avait de l'influence sur les vents, tout comme Halawir. Essix se reprocha son excès de confiance. Elle aurait dû se dispenser de les critiquer.

Les vents ne suffirent pas à la faire renoncer, mais ils freinaient sa progression. Le voyage était pénible. À ce rythme-là, même Jhi arriverait avant elle.

En mobilisant toute sa force pour avancer, elle vit des loups se réunir autour de Briggan et célébrer le retour de leur chef. Curieusement, une Cape-Verte, farouchement déterminée, accompagnait la meute. Son petit vison noir sautillait à ses côtés. Malgré sa hauteur, Essix sentit la résolution inébranlable de Briggan. Elle ne l'avait jamais vu aussi décidé. Elle en fut presque désolée pour les Conquérants.

Plus elle approchait du champ de bataille, plus elle voyait l'évolution de l'affrontement. Les troupes de Capes-Vertes avaient avancé vaillamment dans l'espoir d'atteindre le Dévoreur. L'ennemi avait reculé, mais se refermait sur les flancs, déployant toutes ses réserves. Encerclés et perdant en puissance, les Capes-Vertes étaient sur le point d'être annihilés.

Briggan fonça alors dans le tas, soutenu par la horde de loups. Arrivée avec lui, Uraza se rua sur tous les Conquérants qui avaient le malheur de se trouver sur sa route. Les rangs ennemis se déformèrent, certains fuyant, d'autres faisant face à la nouvelle menace. Cela permit au régiment principal des Capes-Vertes de se rapprocher du Dévoreur.

Les dépouilles s'accumulaient, le sang se déversait sur la boue. Les animaux comme les humains tombaient les uns après les autres.

Essix descendit dans les courants inverses et fusa vers Gerathon, Kovo et le Dévoreur qui attendaient leurs adversaires. Montagne de muscles puissants, le singe tenait à deux mains un immense gourdin et hurlait sur les Capes-Vertes qui affluaient. Sinueux et menaçant, Gerathon se dressa dans l'air, déployant son capuchon, en position d'intimidation. Équipé d'une armure effrayante, le Dévoreur brandissait son épée, son énorme crocodile marin à ses côtés.

L'attaque des Capes-Vertes faiblissait. Les gardes du corps du Dévoreur les retenaient et commençaient même à les repousser.

Au loin, à l'autre bout du champ de bataille, Jhi se leva de toute sa hauteur en agitant les pattes. Les combattants autour d'elle s'écroulèrent et un nouveau groupe de Capes-Vertes surgit dans un cliquetis de métal, de griffes et de crocs.

Kovo avança, prêt à abattre son gourdin sur les Capes-Vertes. Il était tellement puissant qu'il lui aurait suffi de décocher quelques coups pour mettre fin à l'assaut. Briggan se précipita en premier sur lui, refermant sa mâchoire sur le bras qui tenait l'arme. Le gourdin tomba et le singe recula quand Briggan grogna sur lui, poil hérissé, les dents à quelques centimètres de sa gorge.

Le loup ne l'acheva pas. Tellun lui avait ordonné de le capturer vivant. Il plaqua donc le gorille à terre et le maintint immobile, les pattes sur son torse.

C'est à cet instant qu'Essix aperçut un guerrier du Nilo. Dans une armure légère, il se frayait habilement un chemin au milieu des méandres de la bataille. Armé d'une lance, il refusait d'affronter l'ennemi, préférant esquiver les coups plutôt que d'attaquer. Il se faufilait avec adresse, telle une brindille prise dans les rapides. Essix reconnut Tembo,

le voleur de chèvres devenu chef des Capes-Vertes. Grâce à sa vision perçante, le faucon vit le petit singe tatoué sur le bras du jeune garçon. Voilà d'où lui venait cette agilité hors du commun.

Essix se tourna vers Jhi. Sans cesser de défendre les Capes-Vertes, la femelle panda, dans un état méditatif, se balançait d'avant en arrière. Les Conquérants l'attaquaient de tous les côtés, mais elle était bien gardée, principalement par une jeune fille du Zhong avec un étourneau sur l'épaule. De façon incroyable, cette dernière combattait les yeux fermés, comme si elle avait plus besoin de sentir ses adversaires que de les voir. En l'observant, Essix comprit alors dans un éclair de lucidité le lien qui unissait la guerrière du Nilo et le panda. Jhi la portait et augmentait ses facultés naturelles en aiguisant ses sens. Pas étonnant, si elle traversait le champ de bataille avec une telle grâce !

Les Conquérants se précipitaient sur Briggan afin de libérer Kovo. Le loup avait distancé sa meute, semant ses compagnons dans le tumulte. Quand les premiers coups l'atteignirent, Uraza se jeta sauvagement sur les agresseurs.

Gerathon intervint alors. Elle entoura son long corps autour de la panthère et pressa de toutes ses forces. Uraza se débattit pour ne pas être broyée, désormais à la merci non seulement des crocs du cobra, mais aussi des lances et des épées des guerriers.

Essix n'était plus très loin. Elle plongea en piqué vers l'ennemi, sans bruit, pour le prendre par surprise.

Le Dévoreur lança son épée à Kovo. La lame atterrit juste à côté de sa main. Alors que Briggan se tournait pour contrer un soldat, Kovo lui trancha la gorge et continua à le poignarder après le coup fatal.

Essix se sentit mortifiée dans sa propre chair. Le singe enragé vint alors en renfort à Gerathon. Essix avait beau redoubler d'efforts, le vent la repoussait. Uraza frappait violemment le serpent, mais Kovo lui planta à plusieurs reprises son épée dans le corps. En approchant du sol, Essix vit s'écrouler les Capes-Vertes autour de Jhi. Une pluie de lances transperçait le pelage du panda, qui tentait de rester en transe malgré ses blessures.

Tembo avait presque atteint le Dévoreur, sa lance prête à jaillir. Malheureusement le crocodile

s'interposa, mâchoire grande ouverte. Face à une mort assurée, le guerrier dévia de sa route.

Essix se rua sur le reptile, serres en avant.

Tembo évita les deux animaux et visa. La pointe acérée s'introduisit entre les plaques de l'armure, s'enfonçant dans le corps du Dévoreur qui s'effondra. À cet instant, Essix vit dans le roi Feliandor l'enfant qu'il était vraiment : un jeune garçon pris dans une tourmente qu'il comprenait à peine. Pourtant c'était bien lui le chef des Conquérants. Et il venait de mourir.

Essix ne put se réjouir que quelques secondes à peine.

Son gourdin de nouveau dans la main, Kovo s'élançait vers elle. Malgré sa taille, le faucon avait une ossature relativement légère et fragile. En même temps que Jhi tombait au loin, le corps d'Essix se brisa sous l'impact.

Agonisant sur le sol, Essix percevait des bribes de ce qui se passait. Elle entendit Kovo hurler devant l'affaiblissement de ses troupes. Pourquoi maintenant ? La chute du Dévoreur les affaiblissait-elle autant ?

Essix avait du mal à respirer. Les pilleurs du Stetriol seraient les grands vainqueurs aujourd'hui. Ce soir, ils feraient la fête comme des rois !

Au-dessus d'elle, une tache se déplaçait dans le ciel, à la limite de son champ de vision. Halawir ? L'aigle était-il bien là ? Ou était-ce le fruit de son imagination ?

Et soudain une silhouette majestueuse le domina. Elle n'avait pas besoin de voir Tellun pour savoir qu'il était là. Pas étonnant que les Capes-Vertes eussent repris des forces ! Pas étonnant si l'ennemi flanchait !

Kovo hurlait de dépit, ses cris distants, étouffés.

Essix ne pouvait plus ouvrir les yeux, mais elle sentait le souffle chaud des naseaux de Tellun sur sa face. Essayait-il de la guérir ? Trop tard, l'élan ferait mieux d'aider les autres. Recouvrant un peu de ses sens, Essix comprit que Jhi, Briggan et Uraza étaient déjà morts.

De nouveau, ses yeux restèrent clos. Elle ne tenait plus, mais elle entendit la voix de Tellun.

– Repose-toi maintenant, noble faucon. Tu as servi l'Erdas comme il se devait. Et tu le serviras encore.

Et soudain, ce fut le silence. Essix gisait dans un calme parfait. Elle n'avait plus aucun désir de réveiller son esprit. Le temps perdit toute signification, tout était devenu tranquille et paisible.

Et soudain la lumière jaillit, comme si l'aube était arrivée. Une auréole éblouissante entoura le faucon, dans laquelle résonnaient des voix humaines.

Essix ouvrit les yeux, aveuglée par le rayonnement, et elle vit le visage fin et bronzé d'un jeune garçon, crasseux, mais rusé. Ses yeux la contemplaient avec étonnement.

Intéressant, se dit Essix. Agitant les ailes, elle vint se poser sur l'épaule du garçon et enfonça ses serres dans sa peau.

Cet ouvrage a été mis en pages
par DV Arts Graphiques à La Rochelle

Impression réalisée par Rotolito S.p.A.
en janvier 2020